# Bruno

# Bemerkungen zu einigen Stellen des Lucretius

Antigonos

**Bruno**

# Bemerkungen zu einigen Stellen des Lucretius

Unveränderter Nachdruck der Originalausgabe von 1872.

1. Auflage 2024   |   ISBN: 978-3-38699-839-0

Antigonos Verlag ist ein Imprint der Outlook Verlagsgesellschaft mbH.

Verlag: Outlook Verlag GmbH, Zeilweg 44, 60439 Frankfurt, Deutschland
Vertretungsberechtigt: E. Roepke, Zeilweg 44, 60439 Frankfurt, Deutschland
Druck: Libri Plureos GmbH, Friedensallee 273, 22763 Hamburg, Deutschland

14. Fricke, Friedrich, Harburg.
15. Gellers, Georg, desgl.
16. Gräfenhain, Georg, desgl.
17. Grube, Emil, desgl.
18. Grube, Wilhelm, desgl.
19. Grünewald, Theodor, desgl.
20. Harms, Nicolaus, Lauenbruch.
21. Heine, Georg, Harburg.
22. Hell, Friedrich, desgl.
23. Heuer, Theodor, desgl.
24. Himbeck, Eduard, desgl.
25. Holzapfel, Wilhelm, desgl.
26. Kayser, Otto, desgl.
27. Kolbe, Richard, desgl.
28. Köber, German, desgl.
29. Kopp, Hans, desgl.
30. Köthe, Oskar, desgl.
31. Lübbers, Peter, Lauenbruch.
32. Mappes, Emil, desgl.
33. Meyer, Rudolf, Lauenbruch.
34. v. d. Osten, Victor, Harburg.
35. Rieth, Heinrich, desgl.
36. Rinne, Julius, desgl.
37. Sahling, Wilhelm, Wilstorf.
38. Salomon, Albert, Harburg.
39. Sauerbrey, Carl, desgl.
40 Schwarze, Albert, desgl.
41. Sievers, Friedrich, desgl.
42. Ulrich, Eduard, desgl.
43. Vieth, Adolf, desgl.
44. Vogel, Gustav, desgl.
45. Vollmer, Max, desgl.
46. Warnecke, Otto, desgl.
47. Wesemeyer, August, desgl.
48. Wilkens, Emil, desgl.
49. Winkelmann, Georg, desgl.
50. Witt, Hermann, Lauenbruch.
51. Wülfken, Wilhelm, Wilhelmsburg.
52. Wülfcken, Peter, Harburg
 * Ruckelshausen, Wilhelm, desgl.
 † Kabus, Ludwig, desgl.
 † Meyer, Karl, Wilstorf.

## X. Schulfeierlichkeiten.

### Donnerstag, den 21. März, öffentliche Prüfung 8 Uhr morgens.

II. Mathematik: Dr. Schultze.
III. Naturgeschichte: Dr. Herr.
Nebenschule 1. Englisch: Engelke.
IV. Geographie: Dr. Eckert.
Nebenschule 2. Französisch: Schulze.
V. Deutsch: Langheim.
Nebenschule 3. Religion: Tepelmann.
VI. Latein: Corsenn.

### 2 Uhr nachmittags.

Vorschule 1. Deutsch: Hagelberg.
2. Rechnen: Benter.
3. Religion: Knust.

Freitag, den 22. März, 8 Uhr morgens, Geburtstagsfeier Sr. Maj. des Kaisers und Königs Wilhelm I. und Entlassung der Abiturienten.

Das neue Schuljahr beginnt **Montag, den 8. April.** Die Prüfung und Aufnahme neuer Schüler geschieht **Sonnabend, den 6. April,** 9—12 Uhr vormittags, im Prüfungssaale. An allen Schultagen Morgens 10—10¼ Uhr ist der Unterzeichnete in seinem Geschäftszimmer im neuen Schulhause an der Kirchenstraße zu sprechen. **K. Hansen,** Director.

# Bemerkungen zu einigen Stellen des Lucretius.

Lucret. II, 371—373.

Der Name des C. Memmius, dem das Gedicht des Lucretius de rerum natura gewidmet ist, scheint an einigen Stellen von den Abschreibern nicht erkannt zu sein, und dies hat zu Verderbnissen des Textes Veranlassung gegeben. Eine derartige Stelle ist schon von Gronov verbessert II, 1080 Lachm.: in primis animalibus, inclute Memmi, invenies sic montivagum genus esse ferarum; wo die Handschriften indice mente haben*).

Eine ähnliche Aenderung ist in der Stelle II, 371—373 erforderlich: postremo quodvis frumentum non tamen omne quique suo genere inter se simile esse videbis, quin intercurrat quædam distantia formis. Lucretius will hier beweisen, daß die primordia von verschiedener Gestalt sein, und weist deshalb auf die Verschiedenheit der daraus gebildeten Körper, selbst von derselben Gattung, hin; so lassen sich auch beim Getreibe, wennschon dessen Körner je nach der verschiedenen Gattung (quique suo genere, entsprechend dem generatim v. 347) unter einander sehr ähnlich sind, dennoch Verschiedenheiten wahrnehmen. In v. 371 nehme ich an den beiden letzten Worten Anstoß: omne ist ein müssiger Zusatz zu quodvis, besonders aber hat tamen keine Beziehung, da hier gar kein Gegensatz stattfindet. Freilich sagt Munro: tamen answers to quodvis und verweist auf 347; aber dort werden eben durch tamen zwei Sätze einander gegenübergestellt, und daß in dem ersteren derselben zufällig quidvis vorkommt, thut nichts zur Sache. Um nun auch hier zwei Sätze, und damit eine Beziehung für tamen herzustellen, setzt Creech hinter frumentum ein Comma und will aus 347 ergänzen sumere perge, welche Ellipse aber ohne Frage unzulässig ist. Somit könnte man, um die Worte non tamen omne zu halten, mit Wex (Tac. Agric. p. 324) annehmen, daß hinter frumentum zwei Halbverse ausgefallen sein; ich glaube indeß, daß vielmehr durch eine Aenderung der beiden anstößigen Worte zu helfen sei. Die Fassung des ganzen Satzes nämlich macht es mir wahrscheinlich, daß dem quin ein zu simile gehöriges demonstratives Adverbium im Hauptsatze vorausgegangen sei. Vgl. II, 1026: neque tam facilis res ulla est, quin ea primum difficilis magis ad credendum constet. Cic. Verr. IV, 43: Numquam tam male est Siculis, quin aliquid facete et commode dicant. Schreiben wir also in v. 371, da tam durch das Metrum ausgeschlossen ist, non ita, so bleiben die Buchstaben menomne übrig, in denen nichts anderes als der Vocativ Memmi steckt. Demnach würde zu schreiben sein frumentum non ita, Memmi, quique etc.

II, 395—397.

atque ideo fit uti non tam diducta repente<br>
inter se possint primordia singula quæque<br>
singula per cuiusque foramina permanare.

Munro übersetzt through the several openings of any thing; aber es ist hier nicht von einem beliebigen Körper die Rede, durch welchen Oel oder Wein hindurchfließen, sondern von einem Siebe.

---

*) Winckelmann (Beiträge zur Kritik des Lucretius. Salzw. 1857) will statt dessen inice mentem lesen, Polle (de artis vocabulis quibusdam Lucretianis. Dresb. 1866) in primis animalia sint docimento. Wenn man aber mit Munro (II edit. Cambridge 1866) in primis animalibus zusammenfaßt und primum in animalibus erklärt, so ist die Schwierigkeit der Gronov'schen Lesart beseitigt.

Man müßte also cuiusque so nehmen: die einzelnen Theilchen jedes durch seine eigne Oeffnung, was auch nicht recht passend scheint. Vielleicht ist coli usque statt cuiusque zu schreiben. Usque wird von Lucretius häufig absolut gebraucht in der Bedeutung „in Einem fort, ununterbrochen". V, 508: unum labendi conservans usque tenorem. IV, 374: umbra e regione eadem nos usque secuta. III, 1080: insumus usque. II, 530: summam rerum usque tenere. Hier würde non usque einen passenden Gegensatz zu subito 391 bilden: die einzelnen Theilchen des Oels können sich nicht so rasch sondern und deshalb nicht, wie der Wein, ununterbrochen durch die einzelnen Löcher des Siebes laufen.

II, 660 sqq.

Diese Stelle soll den 584 sqq. aufgestellten Satz, omnia permixto semine constare, ausführen und durch Beispiele aus dem täglichen Leben erläutern. „Das Gras der Wiesen muß verschiedene Bestandtheile enthalten, da verschiedene Arten von Thieren aus demselben ihre Nahrung ziehen. Ebenso enthalten brennbare Stoffe verschiedene Elemente; denn beim Verbrennen eines Gegenstandes zeigen sich Feuer, Licht, Funken, Asche; diesen entsprechend müssen also wenigstens viererlei Grundstoffe in jenem Körper enthalten sein." *)

Als einen weiteren Beleg für jenen Satz führt der Dichter dann an, daß es Dinge gebe, die gleichzeitig auf verschiedene Sinne einen Eindruck machen, aus welchem Umstande man auch schließen müsse, daß sie aus verschiedenartigen Urkörpern zusammengesetzt sein. v. 679. 680:

denique multa vides, quibus et color et sapor una<br>
reddita sunt cum odore, in primis pleraque dona.

Nachdem Lachmann dem in den Handschriften zwischen diesen beiden Versen stehenden Verse sehr scharfsinnig seinen Platz hinter 659 angewiesen hat, fragt es sich, was mit den Worten in primis pleraque dona anzufangen sei. Winckelmann (p. 12) hält dieselben für unverderbt, seine Erklärung ist mir aber unverständlich („Mit diesen als Apposition hinzugefügten Worten sagt der Dichter, wenn etwas Farbe, Geruch und Geschmack zugleich habe, so sei das ganz besonders im Fall einer sehr reichen Begabung.") Wenig überzeugend ist Lachmann's Aenderung cum odore, in privis pluraque dona, i. e. plura dona (plures, non singulæ qualitates) in singulis; die Stellung des que bleibt immer hart; auch fragt es sich, ob das einfache dona in dieser Weise gebraucht werden könne. Göbel (quæst. Lucret. Salisb. 1857. p. 11) schlägt vor: cum odore in primis, pluraque dona, was bedeuten würde: in denen sich namentlich Farbe, Geschmack und Geruch, und somit mehrere Eigenschaften, vereinigen. Munro schließt den Satz mit odore und verbindet den Schluß dieses Verses mit dem folgenden: in privis pleraque dona haec igitur variis debent constare figuris. „These several properties in each thing must therefore be made up of elements of different shapes." Aber weder kann pleraque dona haec bedeuten „diese verschiedenen Eigenschaften", noch konnte Lucretius sagen, daß verschiedene Eigenschaften aus verschiedenen Urkörpern (figuræ hier synonym mit prima corpora, s. Munro zu II, 385) beständen.

Alle diese Verbesserungsversuche scheinen mir den Fehler an der unrechten Stelle gesucht zu haben. Es liegt von vornherein kein Grund vor, das in primis in seiner gewöhnlichen Anwendung zu beanstanden; Lucretius gebraucht diesen Ausdruck öfters, wenn er zu einer Behauptung Belege beibringt (II, 447, III, 296, IV, 147 u. s. w.) Warum sollen wir also nicht annehmen, daß er, wenn er von Körpern spricht, die sich zugleich durch Farbe, Geschmack und Geruch bemerklich machen, einen derartigen Gegenstand angeführt habe? Mit Recht hat also Bernays dem in primis seinen Platz

---

*) In v. 673 macht es für den Sinn keinen Unterschied, ob man statt des handschriftlichen traduntur mit Lachmann celant, oder mit Bernays cludunt schreibt (Schneidewin Philol. IX, 645 cobent = cohibent; Munro condunt). Anders urtheilt Lotze (Philol. VII, 718); er meint, wahrscheinlich wegen 688—699 (über diese siehe weiter unten), der Sinn von 673 müsse sein: Quaecunque igni flamma cremantur, si nihil praeterea, haec certe elementa communia habent, quibus ignem jacere possint. Aber wie die vorhergehenden und die folgenden Sätze zeigen, kann Lucretius hier nicht davon sprechen, daß den verschiedenen brennbaren Körpern gewisse Urkörper gemeinsam sein, vielmehr weist er darauf hin, daß ein brennbarer Körper nicht aus lauter Urkörpern von gleicher Beschaffenheit, sondern aus verschieden gestalteten bestehe (677: multarum semina rerum corpore celare).

gelassen. Statt aber mit demselben anzunehmen, daß ein Vers ausgefallen sei, der dann eine nähere Bestimmung zu dona enthalten haben müßte, möchte ich vielmehr eine sehr leichte Aenderung dieses Wortes vorschlagen. Fragt man nämlich, was für Gegenstände Lucretius hier wohl habe anführen können, so liegt es nahe, an gewisse Baumfrüchte zu denken, die zugleich lieblich aussehen, schmecken und riechen. Schreiben wir also poma statt dona, so bietet die Stelle keinen Anstoß mehr. „Endlich sieht man viele Dinge, in denen sich Farbe, Geschmack und Geruch vereinigen, besonders die meisten Obstarten."

Mit 687 wird durch die Worte res permixto semine constant der Beweis des 584 aufgestellten Satzes abgeschlossen. Hieran würde sich nun sehr passend die Einschränkung dieses Satzes schließen (700 sqq.): man dürfe darum nicht annehmen, daß alle möglichen Elemente in allen möglichen Verbindungen vorkämen. Dieser Zusammenhang wird aber durch 12 Verse unterbrochen, die den nicht an diese Stelle gehörenden Satz enthalten, daß mehrere Körper von einander sehr verschieden sein können, wenn sie auch einzelne Bestandtheile gemeinsam haben, ebenso wie Wörter, wenngleich theilweise aus denselben Buchstaben bestehend, doch sich untereinander unterscheiden, — ein Vergleich, dessen sich Lucretius öfter bedient, s. I, 196, 912. II, 1012; namentlich I, 823—825 stimmt wörtlich mit unserer Stelle überein. Diese Verse, die eine Ausführung des nachher 723 kurz Angedeuteten enthalten, gehören meiner Meinung nach zu der Reihe der von Lachmann p. 84 (Munro p. 30) besprochenen Stellen, die, von Lucretius ohne genaue Rücksicht auf den Zusammenhang des vielleicht gerade nicht in seinen Händen befindlichen Gedichtes abgefaßt, später bei der nach seinem Tode (durch Vermittlung des M. Tullius Cicero oder seines Bruders. S. Munro p. 310—313) erfolgten Redaction in das Gedicht eingefügt worden sind.

III, 261.

sed tamen, ut potero summatim attingere, tangam.

Die Fassung dieses Satzes erregt mir Bedenken, einmal wegen der schwerfälligen Construction, die den Infinitiv attingere an ut potero knüpft, während man letzteres lieber für sich nehmen möchte („so gut ich kann," wie Cic. Cat. m. 7: Faciam, ut potero, Læli.); anderseits wegen der Zusammenstellung von attingere und tangam, die, namentlich in einem Satze von so einfachem Inhalte, wenig angebracht zu sein scheint. Darum glaube ich, daß vielmehr zu schreiben sei

sed tamen, ut potero, summatim attingere pergam.

Das Verbum pergere wird von Lucretius sehr oft in dieser Weise angewandt. In Folge seiner eigentlichen Bedeutung „seine Richtung nach einem Ziele hin nehmen" kann dasselbe, je nachdem es sich auf eine schon begonnene oder auf eine erst zu beginnende Handlung bezieht, sowohl bedeuten „fortfahren", als auch „unternehmen, beginnen". Lucretius gebraucht es nur in Verbindung mit einem Infinitiv, und zwar meistens in der zweiten Bedeutung (= conor, incipio, cf. Heind. Hor. sat. I, 1, 102), wie I, 392: religionum animum nodis exsolvere pergo, und öfters im Futurum, wenn er einen neuen Gegenstand ankündigt. III, 178: pergam rationem reddere. II, 478: quod quoniam docui, pergam conectere rem, quæ etc.; und in diesem Sinne würde pergam auch in der vorliegenden Stelle sehr angemessen sein.

III, 354.

„Wer dem Körper die Empfindung abspricht und dieselbe lediglich der im Körper vertheilten Seele zuschreibt, der streitet gegen die handgreifliche Wahrheit."

quid sit enim corpus sentire quis adferet umquam,<br>
si non ipsa palam quod res dedit ac docuit nos.

Das würde heißen: „Denn wer wird von der Empfindung des Körpers eine Definition geben können, anders als weil die Erfahrung es uns lehrt?" Aber einerseits handelt es sich hier gar nicht um eine Begriffsbestimmung des sensus corporis, sondern nur um die Frage, ob der Körper selbst mit Empfindung begabt sei oder nicht; außerdem enthalten die beiden Verse in ihrer handschriftlichen Fassung etwas Unrichtiges; denn zu bestimmen, worin die Empfindung des Körpers besteht, ist nicht

Sache der Erfahrung, sondern der philosophischen Forschung. Die Erfahrung lehrt uns nur (wenig=
stens ist das die Meinung des Dichters), daß der Körper selbst mit Empfindung begabt ist. Deshalb
ist für das unpassende quid sit enim an die Stelle zu setzen quippe etenim. „Denn wer würde
behaupten, daß der Körper empfinde, wenn die Erfahrung es nicht lehrte?"

Dies quippe etenim ist beim Lucretius außerordentlich häufig (z. B. I, 104. III, 440. IV,
857 u. s. w.) Auch etenim findet sich einigemal, gleichbedeutend mit enim (IV, 1076. VI, 133, 207.
912 und durch Conjectur hergestellt III, 288. V, 632). So ist auch vielleicht zu schreiben statt itaque
in der Stelle III, 106. Allerdings läßt sich itaque allenfalls so erklären: „da es sich anders verhält
als sie sagen," oder mit Munro: to prove what I say. Da aber hier die Gründe angegeben wer=
den, weshalb der Dichter die Meinung der Gegner verwirft, so würde etenim angemessener sein.
Uebrigens hat schon Lambin an itaque Anstoß genommen und dafür utique vorgeschlagen, welches
Wort aber (s. Lachmann S. 250) der lateinischen Dichtersprache fremd ist.

III, 992—994.

sed Tityos nobis hic est, in amore iacentem  
quem volucres lacerant atque exest anxius angor  
aut alia quavis scindunt cuppedine curæ.

Der Ablativ cuppedine läßt sich allerdings so erklären: „den in Folge einer anderen Leiden=
schaft die Unruhe quält." Indeß würde der Genitiv natürlicher sein, wie wir ihn in der ganz ähn=
lichen Stelle V, 45 haben: quantæ tum scindunt hominem cuppedinis acres sollicitum curæ, und
da an sehr vielen Stellen des Lucretius die Elision des s Fehler in den Handschriften verursacht
hat, so liegt es nahe, auch hier ein derartiges Mißverständniß anzunehmen und cuppedini' herzustellen.
Im Anfange des Verses würden wir dann mit einer leichten Aenderung aliæ quoius zu schreiben
haben, entsprechend der Stelle III, 918: aut aliæ cuius desiderium insideat rei. Auch hier konnte
der ungewöhnliche Genitiv aliæ in Verbindung mit der alten Form quoius leicht eine Aenderung ver=
anlassen, ähnlich wie II, 1079 der codex quadratus statt aliquoius alio quovis hat.

Auch V, 465: omnia quae sursum cum concilientur, in alto  
corpore concreto subtexunt nubila caelum.

ist vielleicht, um den Wechsel des Subjects zu vermeiden, nubibu' caelum zu schreiben. Also nicht:
„Wenn die aufgestiegenen Dünste sich vereinigen, so bilden die Wolken durch ihre verdichtete Masse
ein Gewebe unter dem Himmel", sondern: „so bilden dieselben dadurch, daß ihre Masse in der Höhe
sich verdichtet, ein Gewebe von Wolken unter dem Himmel." Dann ist die Construction vollständig
so wie VI, 482: (aetheris aestus) quasi densendo (nebulas) suffundit caerula nimbis.

IV, 81.

perfusa lepore  
omnia corrident correpta luce diei.

Creech erklärt venusto colore, qui se ipsum luci adjungit, was den Worten des Dichters
nicht entspricht. Lachmann: spatium angustis moenibus inclusum facilius in se corripit et colligit
lucem, ne dispergatur. Aber diese Erklärung scheint mir dem Sachverhalt zu widersprechen. Lucre=
tius spricht nämlich von Theatern, die mit rothen oder blauen Zelttüchern überspannt sind; letztere
theilen allen in dem Raume darunter befindlichen Gegenständen ihre Färbung mit, und zwar um so
mehr, je enger der Raum ringsum eingeschlossen ist.

Damit verträgt sich Lachmann's Erklärung des Wortes correpta nicht, denn dadurch, daß
der Raum oben durch jene Tücher, auf den Seiten aber durch die Umfassungsmauern eingeschlossen ist,
wird doch keinesweges eine Sammlung und Concentrirung des Lichtes begünstigt. Auch ist in der
Stelle des Vitruv, welche Lachmann zur Unterstützung jener Erklärung anführt, nicht vom Lichte die
Rede, sondern von der stärkeren Wärme, welche erzeugt wird, wenn die Sonne in ein rings von
Mauern eingeschlossenes Theater scheint. Deshalb könnte man die Worte correpta luce diei vielleicht
so fassen: indem das reine Tageslicht durch die Laken aufgefangen und abgeschnitten wird. Oder ist

corrupta zu schreiben? Das Licht wird, indem es die Farbe der Tücher annimmt, in seinem Wesen verändert oder gefälscht. S. Heyne Verg. Aen. XII, 167: adscititius color nativum corrumpere dicitur.

### IV, 633.

nunc aliis alius qui sit cibus ut videamus
expediam,

Lachmann behauptet mit Recht, daß die Worte aliis alius qui sit cibus keinen vollständigen und klaren Sinn geben, daß anderseits neben dem expediam die Worte ut videamus überflüssig sein. Letztere werden also so zu ändern sein, daß ein passendes Prädicat zu der Copula sit gewonnen wird. Lachmann schreibt deshalb unicus aptus, was aber Bergk (Jahn's Jbb. Bd. 67, S. 317) für unlateinisch erklärt; jedenfalls ist der Zusatz unicus hier unpassend. Bergk conjicirt: nunc aliis ali' qui fiat cibus ut videatur (i. e. ut placeat), was ebenso wenig das Richtige zu treffen scheint wie Purmann's Vorschlag (Jahn's Jbb. B. 47, S. 644), der nur in 634 quareve in quareque ändert und die beiden Sätze quareque und tantaque von expediam abhängen läßt; denn von andern Gründen abgesehen, bleibt das bedenkliche qui sit cibus. Munro: qui sit cibu' suavis et almus, was dem Sinne nach ganz passend ist, während die Conjectur von Bernays qui sit cibu' suppeditatus der Absicht des Dichters nicht entspricht; denn er fragt nicht, woher es komme, daß den verschiedenen Geschöpfen verschiedene Nahrung zu Gebote stehe, sondern daß sie ihnen angemessen sei (vgl. IV, 706, VI, 773). Ein diesem Sinne entsprechendes Wort, das sich zugleich der handschriftlichen Ueberlieferung ziemlich genau anschließt, bietet uns die Stelle II, 169: humanis rationibus admoderate (oder atmoderate, wie Lachmann mit Beibehaltung der Orthographie der codices schreibt). Wenn nun auch dieser Gebrauch von admoderatus = aptus meines Wissens sonst nicht vorkommt, so giebt uns doch jene Stelle des Dichters die Berechtigung, auch hier zu schreiben:

nunc aliis alius qui sit cibus admoderatus,
expediam etc.

### IV, 760.

usque adeo, certe ut videamur cernere eum quem
rellicta vita iam mors et terra potitast.

Da certe als Betheurung hier nicht paßt, so würde certe cernere in der Bedeutung von acute cernere (802) zu nehmen sein, eine Anwendung des Adverbiums, die wohl kaum durch andere Beispiele zu belegen ist. Aus der Parallelstelle I, 134: „cernere uti videamur eos audireque coram, morte obita quorum tellus amplectitur ossa" darf man deshalb wohl schließen, daß auch hier coram zu schreiben sei. Aehnlich IV, 1102: spectando corpora coram. Caes. B. G. VI, 8: illum adesse et haec coram cernere existimatote. Verg. Aen. II, 538: nati coram cernere letum.

### IV, 897.

corporis ut ac navis velis ventoque feratur.

Lachmann schreibt corporis ut navis, — wohl eine zu gezierte Metapher; Munro corpus ut ad navis, aber ein derartiger Gebrauch von ad (= ad exemplum navium) ist schwerlich lateinisch. Bernays (praef. p. V) weist darauf hin, daß wahrscheinlich das corporis im Anfange des vorigen Verses hier irrthümlich wiederholt und dadurch ein Wort verdrängt sei; er ergänzt das Fehlende so: aeque id ut ac navis, was dem Sinne nach sehr passend ist *). Außerdem ist es aber nothwendig, mit Gassendi velis in remis zu ändern, wie eine kurze Angabe des Inhalts von 876—906, welche Verse die Ansicht des Dichters von der Entstehung der Bewegung des Körpers enthalten, ergeben wird. Wenn der Geist durch die ihn berührenden simulacra meandi erregt wird, so bewirkt dieser Stoß in

---

*) Bockemüller de elisione (Programm von Stade 1860) p. 52 hält die Elision in aeque id für unstatthaft und schlägt deshalb das gleichbedeutende ut iuxta ac navis vor.

ihm den Willen sich zu bewegen; er theilt dann durch die Vermittlung der alle Glieder durchbringenden Seele diesen Impuls dem Körper mit, und somit wird dieser in Bewegung gesetzt. Hierzu kommt aber ein Zweites; nämlich es bringt gleichzeitig die umgebende Luft in die Poren des Körpers ein und verstärkt den durch die Seele hervorgebrachten Trieb der Bewegung. Diesem eigenthümlichen Satze analog ist die Art und Weise, wie Lucretius im sechsten Buche die durch den Magnet bewirkte Bewegung des Eisens durch die in dasselbe einbringende und nachbrängende Luft unterstützen läßt (VI, 1022 sqq. Auch hier gebraucht er das Bild vom Schiffe, indem er VI, 1032 sagt, die Luft treibe das Eisen vorwärts quasi navem velaque ventus). In unserer Stelle also handelt es sich um eine boppelte Kraft als Ursache der Bewegung, und daß auch der Vergleich mit dem Schiffe diese doppelte Kraft erläutern solle, zeigt das nachdrückliche rebus fit utrimque duabus im vorhergehenden Verse. Dem entspricht aber das handschriftliche velis ventoque nicht, da dies bloß eine einfache Kraft, die Wirkung des Windes auf die Segel, bezeichnet. Soll also der Vergleich nicht hinken, so muß man remis ventoque schreiben: „Wie das Schiff durch die boppelte Kraft der Ruber und des Windes vorwärts getrieben wird, so wird der Körper zugleich von innen durch die Seele und von außen durch die einbringende Luft in Bewegung gesetzt." Beispiele dieser Verbindung remi ventique giebt Wex zu Tac. Agr. p. 34.

IV, 1209.

> Et commiscendo quom semine forte virili
> femina vim vicit etc.

Da von der Vermischung des duplex semen (1229) die Rede ist, so ist der Zusatz virili zu semine ungehörig; dagegen bedarf vim eines Attributs; deshalb virilem statt virili.

V. 122.

> quae procul usque adeo divino a numine distent,
> inque deum numero quae sint indigna videri, etc.

Die Redensart in deorum numero videri ist auffällig, statt numero esse, haberi, reponi, mit und ohne in ober ex (Munro p. 753). So V, 51: numero divom esse. Cic. N. D. III, 19, 50: Erechtheus Athenis filiaeque ejus in numero deorum sunt. Ferner halte ich den Conjunctiv nicht für angemessen, da diese Verse nicht abhängig sind, sondern im Gegensatze zu dem Vorhergehenden die Meinung des Dichters aussprechen. Beidem wird abgeholfen, wenn man distant und videntur schreibt, was dann folgende Verbindung giebt: quae distant et videntur indigna, quae sint in deorum numero. Daburch wird zugleich die müssige Wiederholung des Subjects quae beseitigt.

V, 169 sqq.

Die Verse 175 und 176 stehen nicht an der rechten Stelle, denn wegen der Worte rerum genitalis origo können sie sich nicht auf die noch nicht geschaffenen Menschen, sondern nur auf die Götter vor der Schöpfung der Welt beziehen. Die neueren Herausgeber haben dieselben vor 170 gestellt; daburch wird aber offenbar der Zusammenhang gestört, denn 170 sqq. namque gandere etc. enthält die Begründung nicht zu 175. 176, sondern zu 168. 169. Mit Recht billigen deshalb Bergk (Jahn's Jbb. a. a. O.) und Göbel (obs. Lucr. p. 44) Lambin's Meinung, daß jene Verse vor 174 zu stellen sein:

> quid potuit novitatis amorem accendere tali?
> an credo in tenebris vita ac merore iacebat,
> donec diluxit rerum genitalis origo.

Statt des sinnlosen an credo hat nun Lachmann at, credo, geschrieben, was bei dieser Anordnung der Verse nicht passen würde. Bergk will eine neue Frage: an caeca in tenebris, dem Sinne nach ganz passend. Da jedoch im codex quadratus nicht an, sondern anc steht, so liegt die Vermuthung nahe, daß hier ursprünglich aud oder aut gestanden habe, wie sich häufig in den Handschriften geschrieben findet statt haud (haut), s. Lachm. III, 330. Wagner orthogr. Verg. p. 424. Dann wäre der Vers so herzustellen: haud, credo, in tenebris vita ac merore iacebat, ähnlich wie Verg. Aen. I, 387: quisquis es, haud, credo, invisus caelestibus auras vitales carpis.

V, 360.

usque adeo properanter ab omnibus ignibus ei
exitium celeri celatur origine flammae.

Der zweite Vers hat durch Lachmann's Conjectur celatur statt celeratur seine richtige Bedeu=
tung gewonnen: „bei einer brennenden Fackel sehen wir nicht fortwährend dieselbe Flamme, sondern
immer eine andere; dies entzieht sich jedoch unserer Wahrnehmung durch das rasche Entstehen einer
immer neuen Flamme." Aber auch der vorhergehende Vers ist einer Aenderung bedürftig. Denn
einmal ist hier nicht von einer Gesammtheit von Flammen die Rede, die jene Wirkung haben könnte,
sondern von immer neuen ignes, welche die früheren ersetzen (wie novo lumine 283), und dies kann
doch schwerlich durch omnes ignes ausgedrückt werden. Außerdem paßt das Adverbium properanter
nicht zu celantur, denn nicht, daß jener Vorgang sich unserem Auge entzieht, sondern daß neue ignes
hinzutreten, geschieht rasch (s. 297: properat suppeditare novum lumen. 283: suppeditatque novo
confestim lumine lumen, und ebenso IV, 169). Sind diese beiden Bemerkungen richtig, so läßt sich
mit einiger Sicherheit weiter schließen, daß an die Stelle von ab omnibus ein Participium zu setzen
sei, welches dem suppeditare in den angeführten Stellen entsprechend das Ersetzen oder Hinzutreten
bezeichnet. Ich glaube deshalb, daß für ab omnibus zu lesen sei obortis, ähnlich wie 303 alio atque
alio subortu. „So schnell ist das Entstehen und Hinzutreten der ignes, daß das Erlöschen des Lichtes
in Folge des raschen Entstehens einer neuen Flamme sich unserer Wahrnehmung entzieht" und wir
immer dieselbe Flamme zu sehen glauben.

Der Dativ exitium ei (nämlich luci) celatur findet sich in ähnlicher Weise öfter bei Lucretius,
z. B. .II, 442: formas distare necessest principiis. I, 102: rami virescunt arboribus. I, 898: arboribus cacumina inter se teruntur. Denselben Gebrauch des Dativs nehme ich an in der Stelle I, 885:

consimili ratione herbas quoque saepe decebat
et laticis dulcis guttas similique sapore
mittere, lanigerae quali sunt ubera lactis.

Wenn man hier das handschriftliche ubere beibehält, so ist die Construction sehr hart: guttas
simili sapore, quali ubere lactis oves sunt. Schreibt man aber mit Lambin ubera lactis (wie II,
370. Tibull. I, 3, 46), so giebt dies eine leichte Verbindung: quali (sapore) ubera lactis sunt ovi.

In V. 886 sind die Worte et laticis dulcis similique sapore bedenklich, da et-que, von ver=
einzelten Fällen, selbst bei Cicero, abgesehen, die Madvig Lat. Sprachl. § 435 als Ungenauigkeiten
bezeichnet, erst in der augusteischen Latinität vorkommt (Hand. Tursellin. II, p. 527; Beispiele giebt
Obbarius in Zeitschr. f. Gymnasialwesen, 1856, S. 934) und dem Lucretius sonst fremd ist
(Lachm. II, 1070. VI, 52). Munro, der auch das herbis der Handschriften beibehält, bezeichnet et
als misplaced und spricht von einer Art Anacoluth. Nun bieten die Handschriften aber gar nicht den
Genitiv laticis, sondern den mit herbas zu verbindenden Accusativ latices. Dies würde jedoch hier
nicht angemessen sein, weil das Wasser ebenso gut wie die Milch flüssig ist, und die Erwähnung des=
selben neben herbas der Absicht des Dichters, die Ansicht des Anaxagoras durch recht handgreifliche
Beispiele zurückzuweisen, nicht recht entsprechen würde. Dies ist auch ohne Zweifel der Grund jener
Aenderung in den Genitiv gewesen. Es fragt sich aber, ob es nicht gerathener sei, statt jene bedenk=
liche Verbindung in den Text einzuführen, vielmehr für latices ein Wort zu substituiren, welches ebenso
wie herbas ein Viehfutter bezeichnet. Nun war das Laub verschiedener Büsche und Bäume neben dem
Grase als Nahrung des Viehs bei den Alten von wesentlicher Bedeutung. (So II, 875: vertunt se
fluvii frondes et pabula laeta in pecudes. Hor. ep. I, 14, 28: bovem strictis frondibus exples u. s. w.)
Namentlich wird das Weidenlaub oft als Viehfutter erwähnt. Verg. Georg. III, 175: vescae salicum
frondes neben gramina. Verg. ecl. 3, 83: dulce lenta salix feto pecori. Juvenal 11, 66: hae-
dulus inscius herbae necdum ausus virgas humilis mordere salicti. So auch bei Lucret. II, 361:
nec tenerae salices atque herbae rore vigentes oblectare queunt animum (vaccae vitulo orbatae).
Ich meine demnach, daß in der vorliegenden Stelle zu schreiben sei herbas et salices.

## V, 369. 372.

In der Stelle V, 351 sqq. sucht Lucretius die Endlichkeit unserer Welt (mit welcher sich der ganze erste Theil des Buches beschäftigt) dadurch zu erweisen, daß er sie dem gegenüberstellt, was seiner Meinung nach ewig ist, nämlich den Urkörpern, dem Raume und der Gesammtheit beider, dem Universum. Bei dem Vergleiche mit dem letzteren nun kommen zwei Verse vor, die mir ungehörig zu sein scheinen, 369 und 372. „Das Universum, summarum summa, sagt der Dichter nämlich, ist ewig, weil außerhalb desselben keine Körper sind, die in dasselbe eindringen und es zerstören könnten, und weil außerhalb desselben kein Raum ist, in den es sich zerstreuen könnte. Unsere Welt (mundus) dagegen ist nicht unvergänglich, da außer derselben noch Körper existiren, die sie in heftigem Wirbel zertrümmern können." Was soll nun der Zusatz: „oder ihr irgend einen andern gefährlichen Schaden zufügen"? Wie sonderbar ist ferner der Ausdruck cladem pericli? Dann fährt er fort: „Auch fehlt es um unsere Welt nicht an leerem Raume, in welchen sich ihre Theile zerstreuen könnten." Hierzu paßt nun noch weniger V. 372: „oder sie können durch irgend eine andere Kraft getroffen zu Grunde gehen," da die beiden vorhergehenden Verse gar nicht von einer zerstörenden Kraft reden; auch paßt der Indicativ possunt schlecht zu dem vorhergehenden possint. Ich betrachte also diese beiden Verse als Machwerk des Interpolators (Bernays praef. p. VI) oder lector philosophus, wie ihn Lachmann bezeichnet, der an so manchen Stellen Verse eingeschoben hat, bald um die Meinung des Dichters zu bekräftigen, bald um sie zu widerlegen oder zu verspotten.

Einige Verse weiter (375) ist die harte Wortfügung sed patet immani (sc. hiatu) et vasto respectat hiatu vielleicht dadurch zu bessern, daß man patet immane schreibt, wie Verg. Aen. X, 706 (leo) hians immane, und wie Lachmann dies adverbiale Neutrum V, 1061 hergestellt hat.

## V, 513 sqq.

Lucretius will darstellen, wie man sich die Bewegungen der Gestirne zu erklären habe, und nimmt zwei Möglichkeiten an: 1) es bewegt sich die Himmelskugel mitsammt den Gestirnen (510—516), oder 2) das Himmelsgewölbe steht fest, und es bewegen sich nur die Gestirne innerhalb desselben. Für beide Fälle stellt er in allerdings sehr roher Weise eine Erklärung auf. Das, was er über die erste Möglichkeit sagt, scheint mir nun weder von Lachmann, noch von Munro richtig aufgefaßt zu sein. Die Himmelskugel, sagt der Dichter, ist utrimque, oben und unten, von Luft umschlossen; beide Luftschichten wirken auf die Kugel, indem sie derselben ihre eigene Bewegung mittheilen. Diese Einwirkung dürfen wir uns aber nicht, wie Lachmann will, als einen Druck nach unten und einen Gegendruck nach oben vorstellen, denn diese würden sich aufheben, ohne eine Bewegung zu erzeugen. Wir haben uns vielmehr die bewegende Kraft, welche jene Luftschichten ausüben sollen, in der Richtung der Tangente zu denken. Dann (inde 514) wirkt die obere Luftströmung in derselben Richtung, in welcher wir die Gestirne sich über uns bewegen sehen (eodem quo volvenda etc.); zugleich (atque statt aut 515) wirkt an der entgegengesetzten Seite der Kugel die untere Luft, deren Strömung aber gerade die entgegengesetzte Richtung der oberen hat (contra qui subvehat orbem). Durch diesen zugleich oben und unten, aber in entgegengesetzter Richtung wirkenden Einfluß der beiden Luftschichten wird die Himmelskugel, ohne die Stellung, die sie im Raume einnimmt, zu ändern, in der Art in Bewegung gesetzt, daß sie sich um die in der Mitte befindliche Erde dreht.

## VI, 1131

consimili ratione venit bubus quoque saepe  
pestilitas et iam pigris balantibus aegror.

Schon Lambin hat, nicht ohne Grund, an pigris Anstoß genommen und will es durch pecubus ersetzen. Wakefield erklärt tardis et sibimet auxiliari parum valentibus (ähnlich Munro silly), was aber schwerlich in dem Worte liegt. Wenn man die Worte iam pigris nicht proleptisch nehmen darf („so daß sie bald schlaff werden"), so könnte man daran denken, sie in lanigeris zu ändern, wofür die Nachahmung bei Ovid sprechen würde Met. VII, 540: lanigeris gregibus balatus dantibus aegros corpora tabent.

# Schulnachrichten.

## I. Curatorium.

General=Superintendent Dr. theol. Goeschen.
Oberbürgermeister Grumbrecht.
Director Hansen.
Syndicus Schorcht.
Bürgervorsteher F. L. Weüsthoff.

## II. Lehrer=Collegium.

### 1. Hauptschule.

Director Hansen, Hauptlehrer der I.
Conrector Röttger.
Oberlehrer Bruno, Hauptlehrer der II.
Oberlehrer Dr. Schulze.
Oberlehrer Dr. Eckerdt, Hauptlehrer der III.
Ordentlicher Lehrer Dr. Herr.
Knibbe, Hauptlehrer der IV.
Langheim, Hauptlehrer der V.
Corsenn, Hauptlehrer der VI.
Schulz, Zeichenlehrer.

### 2. Nebenschule.

Engelke, Hauptlehrer der 1. Classe (III).
Schulze, Hauptlehrer der 2. Classe (IV).
Tepelmann, Hauptlehrer der 3. Classe (V).
Vehstebt, Director der Handelsschule.

### 3. Vorschule.

Hagelberg, Hauptlehrer der 1. Classe.
Venter, Hauptlehrer der 2. Classe.
Knust, Hauptlehrer der 3. Classe.

Die amtliche Wirksamkeit des Lehrer=Collegiums veranschaulicht folgende Tabelle:

## III. Vertheilung der Lehrstunden.

| Lehrer. | Hauptschule. | | | | | | Nebenschule. | | | Vorschule. | | | Summa der Stunden. |
|---|---|---|---|---|---|---|---|---|---|---|---|---|---|
| | I. | II. | III. | IV. | V. | VI. | 1. | 2. | 3. | 1. | 2. | 3. | |
| Hausen, Director. | Religion 2.<br>Deutsch 3. | Religion 2<br>Deutsch 3. | Religion 2. | | | Geschichte 2. | | | | | | | 14 |
| Röttger, Conrector. | Englisch 3.<br>Geschichte u.<br>Geogr 3. | Englisch 3.<br>Geschichte u.<br>Geogr. 3. | | Latein 6. | | Geogr. 2. | | | | | | | 20 |
| Bruno, Oberlehrer. | Latein 3. | Latein 4.<br>Französ. 4. | Latein 5.<br>Deutsch 3. | Geschichte 2. | | | | | | | | | 21 |
| Dr. Schultze, Oberlehrer. | Naturw. 6.<br>Mathem. 5. | Mathem. 5. | Mathem. 4. | | | | | | | | | | 20 |
| Dr. Eckerdt, Oberlehrer. | Französ. 4. | | Englisch 4.<br>Französ. 4.<br>Geschichte u.<br>Geogr. 4. | Französ. 5.<br>Geogr 2 | | | | | | | | | 23 |
| Dr. Herr, ord. Lehrer. | | Naturw. 6. | Naturw. 2.<br>Rechnen 2 | Naturw. 2.<br>Mathem. 3. | Naturw. 2<br>Geschichte u<br>Geogr. 4.<br>Rechnen 2. | | | | | | | | 23 |
| Knibbe. | | | Religion 2.<br>Deutsch 3.<br>Rechnen 3. | Rechnen 2. | Rechnen 6. | | Deutsch 4.<br>Gesang 1. | Geogr 2 | | Rechnen 2.<br>Gesang 1 | | | 26 |
| Langheim. | | | | | Religion 3<br>Deutsch 4.<br>Latein 6<br>Französ. 5. | | Geschichte u<br>Geogr. 4. | Geschichte 2. | | Weltkunde 2. | | | 26 |
| Corfenn. | Gesang 1. | [Gesang 1.] | [Gesang 1.] | Schreiben 2.<br>Gesang 1. | Schreiben 1.<br>Gesang 1. | Religion 3<br>Deutsch 4.<br>Latein 8.<br>Schreiben 3.<br>Gesang 1. | | | | Deutsch 1 | | | 26 |
| Schulz, Zeichenlehrer. | Zeichnen 3. | [Zeichnen 2] | Zeichnen 2 | Zeichnen 2. | | | | | | | | | 7 |
| Engelke. | | | | | | | Religion 3.<br>Französ. 6.<br>Englisch 4<br>Rechnen 4. | Englisch 4.<br>Rechnen 5. | | | | | 26 |
| Schulze. | | | | | | | Religion 3.<br>Deutsch 4.<br>Französ. 6.<br>Schreiben 1. | Geschichte u.<br>Geogr. 4.<br>Rechnen 4 | | Rechnen 4. | | | 26 |
| Tepelmann. | | | | | | | | Gesang 1. | Religion 3.<br>Deutsch 4.<br>Französ. 8.<br>Rechnen 2.<br>Schreiben 2.<br>Gesang 1. | Weltkunde 1 | Deutsch 2 | Weltkunde 2. | 26 |
| Behstedt, Dir. d. Handelssch. | | | | | | | Geometrie 2. | | | | | | 2 |
| Hagelberg. | | | | | Zeichnen 2. | Zeichnen 2. | Zeichnen 2. | Zeichnen 2. | Zeichnen 2. | Religion 4<br>Deutsch 5.<br>Schreiben 6. | Deutsch 1 | | 26 |
| Beuter. | | | | | | | | | | | Religion 4<br>Weltkunde 3.<br>Rechnen 5<br>Schreiben 4.<br>Deutsch 7. | Rechnen 3. | 26 |
| Kunst. | | | | | | | Naturw. 8. | Naturw. 2. | Naturw. 2. | | | Religion 4<br>Deutsch 10.<br>Weltkunde 2.<br>Schreiben 4. | 26 |
| | 33 | 30 (3) | 32 (1) | 33 | 32 | 31 | 32 | 32 | 32 | 26 | 26 | 25 | 364 |

# IV. Lehrplan des Schuljahrs von Ostern 1871 bis 1872.

## Prima.

### Hauptlehrer: Hansen.

**Religion.** Repetition des Katechismus mit Anwendung der gelernten Bibelstellen. — Repetirender Ueberblick über das Neue Testament. — Repetition der früher gelernten Kirchenlieder und Psalmen. — Erklärung des Johannesevangeliums. — Die Kirchengeschichte bis zur Reformation nach Petri §. 80—130. 2 St. Hansen.

**Deutsch.** Erklärung von Lessing's Emilia Galotti. — Dispositionsübungen und Begriffsentwickelungen mit daran geknüpften Mittheilungen aus der Logik und Psychologie. — Vorträge von Gedichten und freie Vorträge der Schüler. — Aufsätze, Dispositions- und metrische Uebungen. 3 St. Hansen.

Themata zu den Aufsätzen: 1) Die Friedenseiche, ein Bild des wiedererstandenen Deutschlands. — 2) Des Lebens Mühe lehrt allein des Lebens Güter schätzen. — 3) Demuth ist der erste Schritt zur Nichtswürdigkeit. — 4) Keine Tugend ohne Kampf. — 5) Die Unsterblichkeit der Seele. — 6) Der Charakter des Marinelli. — 7) Der Segen des Ackerbaus. 8) Die Päpste und die Karolinger. — 9) Das erste Jahrhundert der Kriege zwischen Deutschland und Frankreich. — 10) Prüfungsarbeit: Ans Vaterland, ans theure, schließ Dich an, das halte fest mit Deinem ganzen Herzen.

Themata zu den Dispositionen: 1) Klopstocks Bedeutung. — 2) Verbunden werden auch die Schwachen mächtig, der Starke ist am mächtigsten allein. — 3) Lob des Pfluges. — 4) Labores peracti jucundi. — 5) Die Heimatliebe. — 6) Die Vertheidigung des Vaterlandes. — 7) Das Wort Spiel. — 8) Das Blut der Märtyrer ist die Saat der Kirche, und über den Gräbern bauet sich die Kirche.

Themata zu den metrischen Uebungen: 1) Des Vaters Geburtstag (Sonett). — 2) An die Friedenseiche (Ode). — 3) An den gefallenen Cäsar (Ode). — 4) Deutschland im Sommer 1871 (Sonett). — 5) Der österreichische Arzt in Mailand nach Lesebuch 4, Nr. 132 (Neue Nibelungenstrophe).

**Lateinisch.** Es wurde gelesen Ovid. Met. VIII. 260 — IX. 97, Cic. Cato major, Livius XXI., 1—30. 3 St. Bruno.

**Französisch.** Lectüre: le Cid par Corneille; le pêcheur de perles par Gabriel Ferry; les fils d'Edouard par Delavigne. — Repetition der Grammatik nach Borel. Mündliche Uebersetzung der „Uebungsstücke zur Erlernung der französischen Syntax." Wöchentliche Exercitien oder Extemporalien. Monatlich einen Aufsatz. Folgende Themata wurden bearbeitet: 1) Jean Huss et les guerres des Hussites. — 2) Les Alpes (description). — 3) La bataille de Sedan. — 4) Vie de Jules César. — 5) Charles-Quint, empereur d'Allemagne. — 6) Vie de Louis XIV. — 7) Les exploits de Charles XII. — 8) Histoire de Marie Stuart. — 9) Frédéric-Guillaume, électeur de Brandebourg. — 10) Le combat contre le dragon raconté d'après le poème de Schiller. — 11) Prüfungsarbeit: Vie et exploits d'Annibal. — Dr. Eckerdt.

**Englisch.** Lectüre: Herrig's Classical Authors p. 211—214, 234—242, 248—269, 325—369. Wiederholung der Grammatik nach Callin II. Mündliche Uebersetzung von Schiller's „Neffe als Onkel". Außer den Exercitien und Extemporalien wurden 8 Aufsätze angefertigt. 3 St. Im Sommer Röttger, im Winter Bruno.

**Geschichte und Geographie.** Deutsche Geschichte bis auf die Neuzeit und Repetition des Gesammtgebietes. Im Sommer Conrector Röttger, im Wintersemester Dr. Eckerdt.

Repetition der gesammten Geographie mit besonderer Berücksichtigung von Deutschland. Im Sommer Röttger, im Winter Dr. Eckerdt.

**Mathematik.** Repetition der Stereometrie; Elemente der darstellenden Geometrie, Linear-Perspective und Schatten-Construktion; Lehre von den Kettenbrüchen und diophantischen Gleichungen, vom binomischen Satze für ganze positive, negative und gebrochene Exponenten; von der Convergenz und Divergenz der Reihen, von der Exponentialreihe, der logarithmischen und den trigonometrischen Reihen; von den Permutationen, Variationen und Combinationen; von den arithmetischen Reihen höherer Ordnung und von den Maxima und Minima der Functionen. Alle 14 Tage eine größere schriftliche Arbeit über Gegenstände aus den verschiedenen Gebieten der Mathematik. 5 St. Dr. Schulze.

**Physik.** Statik und Dynamik der festen, flüssigen und luftförmigen Körper mit mathematischer Entwickelung der dabei vorkommenden Naturgesetze und unter besonderer Berücksichtigung der Kapitel vom Parallelogramm der Kräfte, Hebelgesetz, Momentensatz, Schwerpunkt der Linien, Flächen und Körper, vom freien Fall, Fall auf der schiefen Ebene, Pendel, Wurf und von der Centralbewegung. Repetition ausgewählter Kapitel aus den übrigen Abschnitten der Physik. Schriftliche Bearbeitung physikalischer Aufgaben. Nach Koppe's Physik. 3 St. Dr. Schulze.

**Chemie.** Repetition der wichtigsten Gegenstände der unorganischen Chemie, dann organische Chemie und Elemente der qualitativen Analyse. Schriftliche Bearbeitung chemischer Aufgaben mit zahlreichen stöchiometrischen Berechnungen. Nach Schreiber's Grundriß der Chemie. 3 St. Dr. Schulze.

**Zeichnen.** Projection der geometrischen Körperformen im Raume mit ebenen Schnitten und Netzentwickelung. Zeichnen nach Gipsmodellen und Situationskarten. 3 St. Schulz.

## Secunda.

### Hauptlehrer: Oberlehrer Bruno.

**Religion:** Repetition des Katechismus mit Anwendung der gelernten Bibelstellen. — Repetition der Kirchenlieder und Psalmen. — Das Neue Testament nach Petri §. 50—79. — Erklärung des Markusevangeliums. — Mittheilungen aus der Kirchengeschichte. — 2 St. Hansen.

**Deutsch:** Erklärung von Göthe's Egmont, von Oben Klopstock's und Bürger's Lenore. — Dispositionslehre mit Uebungen. — Vortrag von Gedichten und freie Vorträge der Schüler. — Aufsätze, Dispositionen und metrische Uebungen. 3 St. Hansen.

**Themata zu den Aufsätzen und Dispositionen:** 1) Principiis obsta. — 2) Mit des Geschickes Mächten ist kein ew'ger Bund zu flechten. — 3) Jugend hat keine Tugend. — 4) Der Anblick des Meeres. — 5) Die Vergeßlichkeit. — 6) Die Mode. — 7) Uebermuth thut niemals gut. — 8) Die Linde. — 9) Höhen sind einsam.

**Themata zu den Dispositionen:** 1) Der Spiegel. — 2) Die Friedenseiche, ein Bild des wiedererstandenen Deutschlands. — 3) De mortuis nil nisi bene. — 4) Die Benutzung des Holzes. — 5) Schweigen hat seine Zeit. — 6) Der Hund. — 7) Das Wort Fleiß. — 8) Der Rhein Deutschlands Strom, nicht Deutschlands Grenze. — 9) Denn die Elemente haffen das Gebild von Menschenhand.

**Themata zu metrischen Uebungen:** Zehn Distichen über verschiedene Stoffe aus dem Unterricht.

**Lateinisch.** Lectüre: Caes. B. G. II, c. 16 bis III, 29. Ovid. Met. I, 1—452 und I, 748— II, 250. Die ganze Syntax nach Schulz. Wöchentlich ein Exercitium aus Süpfle, dazu häufig Extemporalien. 4 St. Bruno.

**Französisch.** Lectüre: Herrig, la France littéraire, p. 469—78. 507—557. Die Grammatik wurde nach Plötz' Schulgrammatik wiederholt durchgenommen und die Uebungsstücke mündlich übersetzt. Vocabeln nach Plötz' Vocabulaire. Wöchentliche Exercitien nach Dictaten und daneben Extemporalien. 2 französische Aufsätze. 4 St. Bruno.

**Englisch.** Lectüre: Callin's Englisches Lesebuch von p. 111 bis 174. Grammatik: Callin II. Theil. Wöchentliche Exercitien oder Extemporalien. 3 St. im Sommer, Röttger; im Winter 2 St. Dr. Eckerdt.

**Geschichte und Geographie.** Alte Geschichte. Uebersicht der mittleren und neueren mit besonderer Berücksichtigung der deutschen Geschichte. — Die physischen und politisch-statistischen Verhältnisse der Hauptländer Europas und Amerikas, insbesondere Deutschlands und seiner nächsten Nachbarländer. Für die Geschichte wurde Dietsch's Grundriß und für Geographie das Lehrbuch von Daniel benutzt. Im Sommer 3 St. Conrector Röttger, im Winter 2 St.; dabei noch 2 St. combinirt mit Prima. Dr. Schultze.

**Mathematik.** a) Geometrie: Repetition der Lehre von der Flächengleichheit und Aehnlichkeit; Dann von der Proportionalität der Linien in und an dem Kreise, Kreisberechnung, rechnende Geometrie, Stereometrie. Zahlreiche Constructionsaufgaben. b) Arithmetik: Lehre von den Gleichungen ersten und zweiten Grades mit einer und mehreren Unbekannten, von den Potenzen mit ganzen positiven, negativen und gebrochenen Exponenten, von den Wurzeln und Logarithmen, von den arithmetischen und geometrischen Progressionen mit Anwendung auf die Zinseszins und Renten-Rechnung. Repetition einzelner Kapitel des kaufmännischen Rechnens. Benutzt wurde Kambly's Elementarmathematik und Heis' Sammlung von Aufgaben. Alle 14 Tage eine größere schriftliche Arbeit zur Correctur. 5 St. Dr. Schultze.

**Naturgeschichte.** Im Sommer Botanik: Anatomie und Physiologie der Gewächse. Pflanzengeographie. Im Winter Mineralogie: Kristallographie. Die für die Geognosie und Technik wichtigen Mineralien. 2 St. Dr. Herr.

**Physik.** Lehre von den allgemeinen Eigenschaften der Körper, die Elemente der Statik und Dynamik. Wärmelehre. 2 St. Dr. Herr.

**Chemie:** Oxyde, Sulphide und Chloride der wichtigsten Elemente, Reductionen, Umwandlung der oben genannten Verbindungen in einander. Chemische Proportionen. Atomenlehre. Stöchiometrie. 2 St. Dr. Herr.

**Zeichnen.** 1) Geometrisches. Construction der verschiedenen Kegelschnitte, der Evolventen und Cycloiden, der Spiralen, Corbalen und gothischer Ornamenturen. Die Construction im Räume bis zu den Schraubenlinien nach Dietzel's Leitfaden.

Freihandzeichnen nach Holzmodellen, nach Gips und Vorlagen von Billordame, Schreiber u. s. w. Weitere Durchführung der Perspectiven bis zur Durchschnittsperspective. 2 St. Schulz.


## Tertia.

### Hauptlehrer: Oberlehrer Dr. Eckerdt.

**Religion.** Repetition der biblischen Geschichte N. T. mit Berücksichtigung der Geographie des heiligen Landes. — Erklärung des Katechismus mit Einübung der beweisenden Bibelstellen. — Erklärung von sechs Psalmen und vier Kirchenliedern und Repetition der früher gelernten. — Erklärung der messianischen Stellen und des Kirchenjahres. — 2 St.. Hansen.

**Deutsch.** Eine Anzahl Gedichte aus Hansen's Lesebuch 4. wurden erklärt und auswendig gelernt. Mehrere Abschnitte aus der Grammatik wurden durchgenommen. Alle vierzehn Tage ein Aufsatz, außerdem freie Vorträge der Schüler. 3 St. Bruno.

**Lateinisch.** Grammatik nach Schulz §. 189—248. Wöchentlich ein Exercitium, daneben Extemporalien, Vocabeln nach Wiggert. Aus Cornel. Nepos wurden die vitae von Epaminondas bis Hamilcar gelesen. Im Sommer 6 St., im Winter 4 St. Bruno.

**Französisch.** Aus Herrig's „premières lectures françaises" wurde gelesen pag. 24—33 und pag. 92—122. Aus Plötz' Schulgrammatik wurden die ersten sechs Abschnitte durchgenommen, die dazu gehörenden deutschen Stücke übersetzt. Wöchentlich eine schriftliche Arbeit. 4 St. Dr. Eckerdt.

**Englisch.** Der erste Theil von Callin's englischer Grammatik wurde durchgemacht; im Winter wurden aus Scott „Tales" cap. 9—13 gelesen. 4 St. Dr. Eckerdt.

**Geschichte.** Die preußische Geschichte und Repetition der deutschen Geschichte. 2 St. Dr. Eckerdt.

**Geographie.** Die Staaten von Nord- und Ost-Europa und Deutschland. 2 St. Dr Eckerdt.

Naturgeſchichte. Im Sommer Botanik: Wiederholte Einübung des Linné'ſchen Syſtems. Uebungen im Beſtimmen der Pflanzen. Einige natürliche Familien. Repetition der Terminologie. Im Winter Zoologie: Die Claſſification der Glieder= und Schleimthiere. Beſchreibung der Inſekten. 2 St. Dr. Herr.

Rechnen. Repetition der Decimalbruchrechnung und des Kettenſaßes; Zins=, Rabatt=, Disconto=, Geſell= ſchafts= und Miſchungsrechnung. 2 St. Dr. Herr.

Mathematik. a. Geometrie: Repetition der Säße von der Congruenz der Dreiecke, von den Vierecken, von Linien und Winkeln im Kreiſe; dann Lehre von der Flächengleichheit und Aehnlichkeit der Figuren, von der Pro= portionalität der Linien in und an dem Kreiſe. Zahlreiche Conſtructionsaufgaben. b. Arithmetik: Die 4 Species mit allgemeinen Zahlen, Potenziren, Radiciren, Proportionen, Gleichungen erſten Grades mit einer und mit zwei Unbe= kannten. Syntheſis der Gleichungen. Alle 14 Tage eine ſchriftliche Arbeit zur Correctur. Zuſammen im Sommer 4, im Winter 5 St. Dr. Schulße.

Zeichnen. 1) Geometriſches. Die Conſtructionen in der Ebene und deren praktiſche Anwendung. 2) Frei= handzeichnen nach Holz= und Gypsmodellen. Copieen nach ornamentalen Vorlagen. Grundbegriffe der Perſpective. 2 St. Schulz.

## Quarta.

### Hauptlehrer: Knibbe.

Religion. Von Oſtern bis Michaelis Repetition von 24 Bibl. Geſchichten. Repetition der in Quinta und Sexta gelernten Geſänge. Erklärung von vier neuen Geſängen, welche mehrfach wiederholt wurden. Erklärung und Feſtlegung des 1. und 2. Abſchnitts des Katechismus. 2 St. Hanſen. Von Michaelis bis Oſtern. Repetition der Bibl. Geſchichten des alten Teſtaments. Aus dem neuen Teſta= mente wurde das Evangelium Matthäi geleſen nebſt einigen Ergänzungen aus dem Evangelium Lucä. Gelernt ſind die 5 Hauptſtücke, die drei erſten mit Erklärung, die bekreuzten Sprüche des Katechismus und die ausgewählten Kirchen= lieder. 2 St. Knibbe.

Deutſch. Ein großer Theil der proſaiſchen Stücke aus Hanſen's Leſebuch IV. wurde geleſen und erklärt, eine Anzahl Gedichte daraus erklärt und auswendig gelernt. Einige Kapitel aus der Grammatik wurden durchge= nommen. Wöchentlich eine ſchriftliche Arbeit. 3 St. Von Oſtern bis Michaelis Dr. Eckerdt. Von Michaelis bis Oſtern Knibbe.

Latein. Lectüre: Cornel. Nepos: Alcibiades, Thrasyb., Conon, Dion. Grammatik: Wiederholung der Formenlehre, die unregelmäßigen Verba auswendig gelernt; Caſuslehre. Wöchentlich ein Exercitium. Im erſten Se= meſter 6 St. Röttger; im zweiten 2 St. Bruno, 4 St. Langheim.

Franzöſiſch. Plöß' Elementarbuch von Lection 60 ab bis zu Ende. Wöchentliche Exercitien oder Extempo= ralien. Im Sommer 5 St., im Winter 4 St. Dr. Eckerdt.

Geſchichte. Griechiſche Geſchichte bis auf Alexander den Gr.; römiſche Geſchichte bis 146. Die Tabelle von Hanſen gelernt. 2 St. Bruno.

Geographie. Die außereuropäiſchen Erdtheile. Repetition der Geographie Europas. 2 St. Dr. Eckerdt.

Naturgeſchichte. Im Sommer: Botanik. Repetition der Terminologie. Linné'ſches Syſtem, Beſtimmung einheimiſcher Gewächſe nach demſelben. Im Winter: Zoologie. Die kaltblütigen Wirbelthiere, beſonders die Reptilien und Amphibien, Repetition der Vögel. 2 St. Dr. Herr.

Geometrie. Die Lehre von den Linien und Winkeln, von den Eigenſchaften der Dreiecke und Vierecke nach Kambly's Elementar=Mathematik. Conſtructions=Aufgaben. 3 St. Dr. Herr.

Rechnen. Verhältnißregel, Kettenregel und Waarenberechnungen nach Krancke II. 3 St. Im erſten Se= meſter Dr. Herr, im zweiten Knibbe.

Zeichnen. Einfache geometriſche Conſtruktionen. Einübung der geraden und krummen Linien, erſte Ab= theilung Ornamente. 2 St. Schulz.

Schreiben. Uebung der deutſchen und lateiniſchen Schrift in einzelnen Wörtern und ganzen Säßen nach Vorſchriften an der Tafel. Häusliche Uebung in den Hamburger Muſterheften, in welchen wöchentlich zwei Mal im Hauſe angefertigte Seiten abgeliefert wurden. 2 St. Corſenn.

Geſang. Die ausgewählten Choräle. Zwei= und dreiſtimmige Lieder. 1 St. Corſenn.

## Quinta.

### Hauptlehrer: Langheim.

Religion. Bibliſche Geſchichte des N. T. nach der „Bibliſchen Geſchichte für Schule und Haus." Geogra= phie von Paläſtina. Wiederholung des 1. Hauptſtückes mit Erklärung, die Reihenfolge der bibliſchen Bücher, die be= kreuzten Sprüche aus allen Abſchnitten des Landes=Katechismus und 4 für Quinta ausgewählte Kirchenlieder wurden gelernt. 3 St. Langheim.

Deutſch. Leſeübung. Verſchiedene poetiſche und proſaiſche Stücke aus Hanſen's Leſebuche, Theil III., wur= den erklärend durchgenommen. Conjunctionen. Mündliche und ſchriftliche Uebungen über die wichtigſten Nebenſäße. Uebungen in der Interpunction und Orthographie. Declamationsübungen. Alle 8 Tage ein Aufſaß und ein Dictat. 4 St. Langheim.

Latein. Kleine lateiniſche Grammatik von Schulz. Repetition des Penſums von Sexta. Wiederholte Durchnahme der Verba deponentia, anomala, defectiva und impersonalia. Conjugatio periphrastica. Adverbia. Präpoſitionen und Conjunctionen. §§. 95—177. — Durchnahme verſchiedener Stücke aus dem Uebungsbuche für Quinta von Spieß. Abſchn. I., I.—XIX. Einige Fabeln wurden überſeßt und memorirt. Abſchnitt II, I.—X. Uebun= gen über den Accus. c. Inf. uud Ablat. absol. Wöchentliche Exercitien und Extemporalien. 6 St. Langheim.

Franzöſiſch. Elementarbuch von Plöß. Lection: 1—59. Die vier regelmäßigen Conjugationen und avoir und être wurden gelernt. Wöchentliche Exercitien und Extemporalien. 4 St. Langheim.

Geschichte. Erzählungen aus der mittleren und neuen Geschichte nach Spieß. Die Geschichtstabelle von Hansen wurde gelernt. 2 St. Dr. Herr.

Geographie. Europa nach Daniel's Leitfaden. 2 St. Dr. Herr.

Naturgeschichte. Im Sommer: Botanik. Terminologie eingeübt an lebenden Pflanzen der Umgegend. Im Winter: Zoologie. Classification der Wirbelthiere. Beschreibung der Säugethiere. 2 St. Dr. Herr.

Rechnen. Erweiterung der vier Grundrechnungen, Rechnen mit Zeiträumen. Gemeine Brüche und Decimalbrüche nach Krancke's I. 4 St. Im ersten Semester Dr. Herr und Corsenn, im zweiten Dr. Herr und Knibbe.

Schreiben. Uebungen in deutscher und lateinischer Schrift nach Vorschriften an der Tafel mit besonderer Berücksichtigung des Parallelismus und der Proportionalität der Buchstaben. Wöchentlich zwei im Hause nach lithographirten Vorschriften geschriebene Seiten abgeliefert. 1 St. Corsenn.

Zeichnen. Uebungen im Freihandzeichnen mit geraden und krummen Linien nach Anleitung des Lehrers an der Wandtafel. 2 St. Hagelberg.

Gesang. Einübung der für Quinta bestimmten Choräle und zwei- und dreistimmige Lieder. 1 St. Corsenn.

## Sexta.

### Hauptlehrer: Corsenn.

Religion. Bibl. Geschichte des alten Testaments mit entsprechender Berücksichtigung der Geographie von Palästina und Reproduction der durchgenommenen Geschichten. Es wurden gelernt sämmtliche bekreuzte Sprüche der ersten sieben Abschnitte des Landes-Katechismus, das erste Hauptstück nebst der luth. Erklärung, die übrigen Hauptstücke ohne Erklärung und vier für Sexta bestimmte Kirchenlieder. 3 St. Corsenn.

Deutsch. Leseübungen aus Hansens Lesebuche, Theil III., mit Erklärung und Nacherzählen des Gelesenen. Erklärung, Auswendiglernen und Vortragen von Gedichten aus dem Lesebuche. Kenntniß der Wortarten und des einfachen Satzes mit seinen Erweiterungen; Präpositionen. Wöchentlich ein Dictat und ein freier Aufsatz. 4 St. Corsenn.

Latein. Uebungsbuch für Sexta von Spieß wurde bis Kapitel XXII. durchgearbeitet. Sämmtliche Vocabeln bis Kap. XXII. (1067) sind gelernt und oft wiederholt. — Kleine lat. Sprachl. von Schulz bis § 91 erklärt und gelernt mit Ausnahme der kleiner gedruckten Stellen. Wöchentlich zwei Exercitia und Extemporalia und häufig schriftliche Declinations- und Conjugationsübungen. 8 St. Corsenn.

Geschichte. Erzählungen aus der alten Welt mit Berücksichtigung der alten Geographie. Einübung der alten Geschichte nach Hansens Tabelle. Repetitionen der Schüler nach Spieß. 2 St. Hansen.

Geographie. Die fünf Erdtheile nach Daniels Leitfaden, 1. Buch. Von Michaelis 1871 bis Ostern 1872 Uebersichtliche Darstellung der Länder am Mittelmeere und das Rheingebiet. Im Sommer 2 St. Röttger, im Winter 1 St. Hansen.

Rechnen. Die leichteren Fälle der Bruchrechnung nach Krancke I., Abschnitt 4. Daneben entsprechende Uebungen im Kopfrechnen. 6 St. Im ersten Semester Schulze und Langheim, im zweiten Knibbe.

Schreiben. Stufenmäßige Einübung der deutschen und lateinischen Schrift in einzelnen Buchstaben, Wörtern und kurzen Sätzen. Wöchentlich zwei im Hause nach lithographirten Vorschriften geschriebene Seiten abgeliefert. 3 St. Corsenn.

Zeichnen. Vorübungen zum Freihandzeichnen. Anfangs mit Hülfe von Kantel und Zirkel nach Anleitung des Lehrers an der Wandtafel. 2 St. Hagelberg.

Gesang. Einübung der Tonleiter, der für Sexta bestimmten Choralmelodien und mehrerer ein- und zweistimmiger Lieder. 1 St. Corsenn.

## Nebenschule I.

### Hauptlehrer: Engelke.

Religion: Repetition der Geschichten des neuen Testaments mit Berücksichtung der Geographie von Palästina. Die Glaubenslehren nach Abschnitt I—VI. des Katechismus. Einige Psalmen und größere Bibelabschnitte gelesen. Gelernt: Die 5 Hauptstücke, Sprüche und Kirchenlieder. 3 St. Engelke.

Deutsch: Aus Hansen's Lesebuch IV. wurden die prosaischen Stücke gelesen und erklärt; eine Anzahl Gedichte daraus wurden erklärt, gelernt und vorgetragen. Wöchentlich eine schriftliche Arbeit. Im ersten Semester 3 St. Engelke. 1 St. Dr. Eckerdt; im zweiten Semester 4 St. Knibbe.

Französisch. Plötz' Schulgrammatik von Lect. 1—70. Wöchentliche Exercitien und Extemporalien oder Dictate. Die Grammatik an gelernten Beispielen erklärt. Lectüre Ahn's Lesebuch. Seite 15—21, 36—45, 51—58, 71—79, 91—99. Einige Gedichte gelernt. 6 St. Engelke.

Englisch. Grammatik Callin II. §. 1—168 mündlich und schriftlich durchgearbeitet. Lectüre: Scott tales, Cap. 5—8. Wöchentliche Exercitien und Extemporalien oder Dictate. 4 St. Engelke.

Geschichte: Geschichte der Deutschen von der Völkerwanderung bis zum Westphälischen Frieden. Preußische Geschichte vom großen Churfürsten bis 1815. 2 St. Langheim.

Geographie. Asien, Afrika, Europa und Amerika nach Daniel. Die Grundlehren der Geographie. Daniel §§. 1—35. 2 St. Langheim.

Naturgeschichte. Im Sommer Botanik: Bestimmen und Gruppiren einheimischer Gewächse nach dem Linnéschen System und leicht kenntlichen Familien des natürlichen Systems mit Benutzung von Laban's Flora, wobei Cultur- und Küchengewächse, sowie Arznei- und Giftpflanzen besonders berücksichtigt wurden. Im Winter Zoologie: Fische, Reptilien, Amphibien und Insecten nach Anleitung von Schilling's kleiner Schulnaturgeschichte. 2. St. Knust.

Geometrie. Aus der Planimetrie die Lehre von den geraden Linien und geradlinigen Winkeln, von den parallel. Linien, von den Dreiecken, von den Vierecken und vom Kreise nach Abschnitt I—III. im Kambly. 2 St. Behstedt.

Rechnen. Zins-, Rabatt-, Disconto-, Gesellschafts- und Mischungsrechnung. Directe und indirecte Wechsel-reduction mit und ohne Discont und Spesen. 3 St. Kopfrechnen 1 St.

Zeichnen. a) Geometrisches Zeichnen. Grundbegriffe der Projection und Perspective. b) Freihandzeichnen nach ornamentalen Vorlagen und Modellen mit einer und zwei Kreiden. 2 St. Hagelberg.

Gesang. Repetition der ausgewählten Choräle. Ein- und zweistimmige Lieder. 1 St. Im Sommer Corssen, im Winter Knibbe.

## Nebenschule II.

### Hauptlehrer: Schulze.

Religion. Die biblischen Geschichten des N. T. nach der biblischen Geschichte für Schule und Haus. Ge-lernt: Die Reihenfolge der biblischen Bücher des A. und N. T., Hauptstück I—III. mit Erklärung, 4 Kirchenlieder Wiederholung der bekreuzten Sprüche aus Abschnitt I—VI. des Katechismus. 3 St. Schulze

Deutsch. Leseübungen mit Erklärung und Nacherzählen des Gelesenen, Erklärung, Auswendiglernen und Vortragen von Gedichten aus Hansen III. Der einfache Satz mit seinen Erweiterungen, Conjunctionen und die wich-tigsten Nebensätze. Uebungen in der Orthographie und Interpunction. Wöchentlich 1 Dictat und 1 Aufsatz. 4 St. Schulze.

Französisch. Plötz' Elementarbuch Lect. 51—85. Wöchentlich 2 schriftliche Arbeiten. 6 St. Schulze.

Englisch. Callin Elementarbuch I, Abtheilung 1 mündlich und schriftlich durchgearbeitet, und die grammati-schen Sachen aus Abtheilung II. gelernt und eingeübt. Wöchentlich 1 Exercitium und seit Michaelis auch wöchentliche Extemporalien oder Dictate. 4 St. Engelke.

Geschichte. Griechische Geschichte bis Alexander. Römische Geschichte bis Augustus nach Spieß. Hansen's Tabelle ganz. 2 St. Langheim.

Geographie. Afrika, Asien, Amerika, Australien nach Daniel, II. Buch. 2 St. Im ersten Semester Tepelmann, im zweiten Knibbe.

Naturgeschichte. Im Sommer Botanik: Kennenlernen des Linné'schen Systems und Bestimmen leichter einheimischer Pflanzen nach demselben mit Benutzung von Laban's Flora. Im Winter Zoologie: Classification des Thierreichs, das Hauptsächlichste aus der Organographie der Wirbelthiere, dann Beschreibung und Gruppirung der Säugethiere nach Anleitung von Schilling's kleiner Schulnaturgeschichte. 2 St. Knust.

Rechnen. Repetition der schwierigeren Fälle der Bruchrechnung, der Decimalbrüche, Verhältniß- und Ketten-regel. 3 St. Practische Uebungen im Kopf- und Zifferrechnen. 2 St. Engelke.

Schreiben. Uebung der deutschen und lateinischen Schrift in Wörtern und Sätzen nach Vorschriften, häus-liche Uebungen nach Anleitung der Hamburger Musterhefte. 1 St. Schulze.

Zeichnen. Uebungen im Freihandzeichnen mit geraden und krummen Linien nach Anleitung des Lehrers an der Wandtafel. 2 St. Hagelberg.

Gesang. Einübung der vorgeschriebenen Choräle und ein- und zweistimmiger Lieder. 1 St. Tepelmann.

## Nebenschule III.

### Hauptlehrer: Tepelmann.

Religion. Altes Testament. „Biblische Geschichte für Schule und Haus." §. 1—59. Gelernt wurden die bekreuzten Sprüche des 7. Abschnitts des Katechismus; Hauptstück 1 mit, 2—5 ohne Erklärung und 4 Kirchenlieder. Repetition des bisherigen Memorierstoffes. 3 St. Tepelmann.

Deutsch. Hansen, Lesebuch III. Leseübungen und Durchnahme des Gelesenen. Vortrag von Gedichten. Der einfache Satz. Declinations- und Conjugationsübungen. Präpositionen. Wöchentlich 1 Dictat und 1 Aufsatz. 4 St. Tepelmann.

Französisch. Plötz, Elementarbuch. Lect. 1—59. Wöchentlich 2 Exercitien und 1 Extemporale. Eingeübt wurden die vier Formen von avoir und être und die vier regelmäßigen Conjugationen. 8 St. Tepelmann.

Geschichte. Mittlere Geschichte bis zu Rudolf von Habsburg nach Spieß I. und Hansen's Tabelle. 2 St. Schulze.

Geographie. Die Grundlehren der Geographie nach Daniel §. 1—35. Kurze Uebersicht der fünf Erdtheile (Europa ohne Deutschland) nach Daniel Seite 23—42. 2 St. Schulze.

Naturgeschichte. Im Sommer Botanik: Kennenlernen und Benennen der äußeren zusammengesetzten Pflan-zenorgane nach Anleitung von Schilling's kleiner Schulnaturgeschichte. Im Winter Zoologie: Beschreibung und Grup-pirung der bekanntesten Säugethiere nach Anleitung von Schilling's kleiner Naturgeschichte. 2 St. Knust.

Rechnen. Die gemeinen Brüche, Theilen mit vier- und mehrstelligem Divisor, Vervielfältigen mit Vortheilen, Rechnen mit Zeiträumen. Krancke, Abschnitt IV. und V. bis Ex. 205. 4 St. Schulze. Kopfrechnen, Krancke Ab-schnitt II—III. §. 30. 2 St. Tepelmann.

Schreiben. Uebung der deutschen und lateinischen Schrift. Häusliche Uebungen in Musterheften. 2 St. Tepelmann

Zeichnen. Vorübungen zum Freihandzeichnen; anfangs mit Hülfe von Kantel und Zirkel nach Anleitung des Lehrers an der Wandtafel. 2 St. Hagelberg.

Gesang. Einübung der 10 vorgeschriebenen und Wiederholung der bisher eingeübten 20 Choralmelodien. Ein- und zweistimmige Volkslieder. 1 St. Tepelmann.

## Vorschule I.

### Hauptlehrer: Hagelberg.

Religion. Durchnahme von 25 biblischen Geschichten und Repetition der in Vorschule III. und II. vorgekommenen Geschichten mit Benutzung der Karte von Palästina. Gelernt sind die leichteren Sprüche aus dem Katechismus von Abschnitt I—VI. 4 St. Hagelberg.

Deutsch: Fortgesetzte Leseübungen mit sachlicher Erklärung und Nacherzählen. Vortrag von 12 Gedichten. Hansen's Lesebuch II. Wöchentlich 1 Aufsatz: Arten und Bildung der Hauptwörter, Declination. Arten und Bildung der Zeitwörter, Conjugation. Das wöchentliche Dictat wurde meistens vorher zur häuslichen Uebung aufgegeben. 5 St. Hagelberg. 1 St. Knibbe.

Weltkunde. Erzählungen aus der alten Geschichte. Hansen's Tabelle. 2 St. Langheim. Allgemeine Uebersicht der fünf Erdtheile nach dem Leitfaden von Daniel I. Buch. 1. St. Tepelmann,

Rechnen. Tafelrechnen: Theilen mit zwei- und dreistelligem Divisor und die vier Grundrechnungen mit mehrsortigen Zahlen. Krancke, Abschnitt II. Ex. 321 bis Abschnitt III. zu Ende. 4 St. Schulze. Kopfrechnen 2. St. Knibbe.

Schreiben. Uebung der deutschen und lateinischen Schrift, meistens Tactschreiben. 6 St. Hagelberg.

Gesang. Einübung der Tonleiter, verschiedener einstimmiger Lieder und 16 Choräle. 1 St. Corsenn.

## Vorschule II.

### Hauptlehrer: Benter.

Religion. 30 biblische Geschichten des A. und N. T. wurden durchgenommen und das Pensum von Vorschule III. wiederholt. Gelernt wurden 40 Sprüche aus Abschnitt I—VI. des Landeskatechismus, außerdem das 1. und 3. Hauptstück ohne Erklärung. 4 St. Benter.

Lesen und Deutsch. Leseübungen, Besprechen des Gelesenen, mündliches Wiedergeben einfacher Erzählungen oder kurzer Beschreibungen. Memoriren einiger Gedichte aus Hansen's Lesebuch I. Haupt- und Geschlechtswort, Beschaffenheits- und Thätigkeitswort. Wöchentlich eine Abschrift und ein Dictat. 7 St. Benter. 2 St. Tepelmann. 1 St. Hagelberg. 4 St.

Weltkunde. Das Leben der bekannteren Thiere und Pflanzen, die augenfälligsten Naturerscheinungen, sowie Beschäftigungen der Menschen, Kunsterzeugnisse u. s. w. wurden den Kindern in möglichst anschaulicher Weise vorgeführt. Anfangsgründe der Heimatskunde. 3 St. Benter.

Rechnen. Erweiterung der Zahlenreihe bis 1000; Zerlegen der Zahlen in ihre Ordnungen; Verwandeln derselben abwärts und aufwärts. Dann Krancke's Exempelbuch, Theil 1, Abschnitt 1 und von Abschnitt 2 Exempel 1—425. Entsprechende Uebungen im Kopfrechnen. 5 St. Benter.

Schreiben. Einübung der kleinen und großen deutschen Buchstaben unter Anwendung der Tactiermethode. 4 St. Benter.

Singen. 6 Choralmelodien und mehrere einstimmige Lieder. Benter.

## Vorschule III.

### Hauptlehrer: Knust.

Religion. 20 biblische Geschichten des A. und N. T. wurden erzählt, besprochen und möglichst von den Kindern mit und ohne Nachhülfe des Lehrers wiedererzählt. Dabei wurden memorirt und angewandt mehrere leichte Bibelsprüche, kleine Gebete und das Vaterunser. 4 St. Knust.

Lesen und Deutsch. Lesenlernen nach der Schreiblesemethode, bis Michaelis Lautiren, dann Buchstabiren, wobei Zerlegen der Wörter und Kopfbuchstabiren gehörig berücksichtigt wurden. Uebungen im richtigen Abschreiben des Lesestoffs. Von Michaelis an wurden wöchentlich zwei kleine im Hause angefertigte Abschriften zur Correctur eingeliefert. Lesestücke und Gedichte aus der Fibel und dem Lesebuche wurden besprochen und mit und ohne Nachhülfe wiedererzählt. Sechs leichte Gedichte aus dem Lesebuche wurden auswendig gelernt und die Kinder im richtigen Aufsagen derselben geübt. 9 St. Knust.

Weltkunde. Besprechung von Gegenständen und Vorgängen wie sie Haus, Schule, Stadt, Feld, Dorf und Wald im Laufe des Jahres bieten, unter Benutzung der Schreiber'schen Bilder, der Wille'schen und Strübing'schen Bildertafeln sowie kleiner Erzählungen und Fabeln. 2 St. Tepelmann und 2 St. Knust.

Rechnen. Vorführung und allseitige Betrachtung der Zahlen von 1—100. 3 St. Benter.

Schreiben. Einübung aller kleinen und großen deutschen Buchstaben des Alphabets einzeln und in Wörtern unter Anwendung des Tactschreibens. 5 St. Knust.

Gesang. Vier leichte Choräle und mehrere leichte einstimmige Lieder aus dem Lieberschatz. Knust.

# Turnen.

A. Im Sommer (obligatorisch).

Die Schüler der Haupt= und Nebenschule waren in 3 Abtheilungen getheilt. Die 1. Abtheilung bildeten I, II, III und N. 1; die 2. Abtheilung IV und N. 2, und die 3. Abtheilung V, VI und N. 3.

1. Abtheilung: Gemeinschaftliche Frei= und Ordnungsübungen, Ringen, Uebungen mit Eisenstäben und Geräthturnen in 4 Riegen. Dinstag und Freitag 4—5½ Hagelberg.

2. Abtheilung: Frei= und Ordnungsübungen und Uebungen mit Holzstäben nach dem „Neuen Leitfaden“. Geräthturnen in 4 Riegen. Montag und Donnerstag 4—6. Schulze.

3. Abtheilung: Vorwiegend Frei=, Ordnungs=, Stab=, Spring= und Kletterübungen. Sonstiges Geräthturnen nur einige Riegen zur Zeit. Montag und Donnerstag 4—5½ Hagelberg.

B. Im Winter turnten aus der Haupt= und Nebenschule:

In der 1. Abtheilung 22 Schüler aus II, III, IV, N. 1 und N. 2.

In der 2. Abtheilung 18 Schüler aus V, VI und N. 3.

Am 31. Mai wurde vor dem hier versammelten Kreislehrerverein unter Leitung des Turnlehrers Hagelberg von der Realschule ein Schauturnen abgehalten, wobei Frei=, Ordnungs=, Stab= und Fechtübungen mit Instrumentbegleitung ausgeführt wurden.

---

# V. Lehrmittel.

Religion: Bibel und Raumer's Karte von Palästina IV—I. Katechismus Vorschule 2 und 1, VI—I. Petri, Lehrbuch der Religion II u. I. Gesangbuch VI—I. Biblische Historien Vorsch. 1—V.

Deutsch: Hansen, Lesebuch 5. II u. I. Lesebuch 4. IV u. III. Lesebuch 3. VI u. V. Lesebuch 2. Vorschule 1. Lesebuch 1. Vorsch. 2 u. 3. Hoffmann, deutsche Grammatik III u. II.

Latein: Ferd. Schultz, kleine latein. Sprachlehre VI—I. Wiggert, Vocabularium IV—II. Caesar, de bello gallico und Ovid, Metamorph. II u. I. Süpfle I. IV—I. Corn. Nepos IV u. III. Weller, Uebersetzungsbuch IV. Ferd. Schulz, Uebungsbuch VI—IV.

Französisch: Borel, franz. Grammatik I. Herrig, la France littéraire II u. I. Plötz, franz. Schulgrammatik III, II u. N. 3. Plötz, vocabulaire systématique III u. II. Herrig, prem. lect. fr. III. Plötz, Elementarbuch V u. IV, Nb. 2 u. Nb. 3. Ahn, franz. Lesebuch Nb. 1.

Englisch: Herrig, engl. class. auth. I. Herrig, Aufgaben I. Callin, engl. Elementarbuch 2. II u. Nb. 1. Callin, engl. Lesebuch 3. III. Callin, engl. Elementb. 1. III u. Nb. 2. Scott, tales. III. u. Nb. 1.

Geschichte: Dietsch, Grundriß der allgem. Geschichte II u. I. Kohlrausch, deutsche Geschichte III u. Nb. 1. Hahn, preuß. Geschichte III u. Nb. 1. Cauer. Tabellen III. Hansen, Tabellen Vorsch. 1, VI—IV u. Nb. 1.

Geographie: Daniel, Leitfaden der Geogr. Vorsch. 1, VI—I. Stieler, Atlas VI—I.

Naturwissenschaften: Koppe, Physik II u. I. Schreiber, Grundriß der Chemie II u. I. Schilling, N. Naturgeschichte V—II. Laban, Flora IV—II.

Mathematik: Kambly, Elementarmathematik IV—I. Heis, Samml. algebr. Aufgaben III—I.

Rechnen: Krancke, Rechenbuch 2. V—III. Krancke, Rechenbuch 1. Vorsch. 2, 1, VI u. V. Krancke, Rechenfibel Vorsch. 3.

Gesang: Lüneburger Liederschatz Vorsch. 2 u. 1, VI—I.

---

# VI. Unterrichtsmittel.

Für die Schulbibliothek wurden angeschafft, zum Theil geschenkt:

Kramer, Compendium der elementarischen Mathematik. — Wöckel, Geometrie der Alten. — Wöckel, Beispiele und Aufgaben zur Algebra. — Tyndall, die Wärme betrachtet als eine Art der Bewegung. — Scholz, das Wissenswürdigste aus der Thierkunde. — Schilling, Schulatlas der Naturgeschichte. — Karsch, die Insectenwelt. — Fresenius, qualitative Analyse. — Brehm, geographisches Jahrbuch für 1870. — v. Klöden, geographischer Leitfaden. — Viehoff, geographischer Leitfaden. — Guthe, die Lande Braunschweig und Lüneburg. — Wendt, Bilderatlas der Länderkunde und Erläuterungen dazu. — Friedländer, Darstellungen aus der Sittengeschichte Roms, Theil 3. — Peter, Geschichte Roms, 3 Theile. — van der Berg, Lehrgang der englischen Sprache. — Hoppe, englisches Supplement=Wörterbuch. Shakspeare's Werke, erklärt von Delius, 2 Bände. — Ploetz, Manuel de Littérature française. — Voelkel, Vocabulaire. — Chambeau, Handbuch zum Uebersetzen. — Hoche, lateinisches Lesebuch, Abth. 2. — Hollenrott, lateinisches Uebungsbuch. — Willerding, lateinisches Elementarbuch. — Livius, erklärt von Weißenborn. — Petermann, geographische Mittheilungen, Jahrgang 1871. — Stiehl, Centralblatt für das Unterrichtswesen in Preußen, Jahrgang 1871. — Langbein, Pädagogisches Archiv, Jahrg. 1871.

Außerdem hat die Schülerbibliothek einen bedeutenden Zuwachs erhalten.

Für den naturgeschichtlichen Unterricht: Ausgestopft wurden Larus ridibundus (Geschenk des Quintaners Schraber). — Sylvia phoenicurus und hypolais (Geschenk des Herrn Knust). — Geschenkt: Mustela erminea, Sciurus vulgaris, Ardea cinerea, Sterna hirundo, Picus Martius, Nucifraga caryocatactes (Quint. Gunter). Pelias berus in Spiritus (Quint. Meyer). — Echenis Remora in Spiritus (Quart. Ullrich). — Schädel von Sitta europaea, Turdus pilaris, Fringilla coelebs, Parus major, Regulus cristatus (Secundaner Herbst). — Zwei bergl. u. Anas boschas (Quint. Schipmann). — Ein Theil eines Haifischrückgrates (Quart. Koppermann). — 1 Flugfiſchfloſſe (Quart. Krämer I). — Säge von Pristis antiquorum (Quint. Heuer). — Haare von Elephas primigenius (Quart. Görg). — Einige Vogeleier und Seidencocons (Quart. und Quint. Renner). — Weſpenneſt (Quint. Schipmann). — Mehrere Inſekten (Secund. Herbſt, Tert. Lühning, Wolff, Brunckhorſt). — Eine Käferſammlung (Quart. Koppermann). — Eine größere Anzahl Conchylien (viele Schüler der Anſtalt, beſonders: Tert. Kraus, Holtermann, Blumenthal, Quart. Peters, Koppermann, Rübke I. und II., Witting I. u. II., Siegener, Krämer I., Ehlers, v. d. Oſten; Quint. Stockvis, Kroos, Renner, Manaſſe). — Einige Aſteriden (Secund. Gramko, Tert. Meſſerſchmidt II., Quart. Görg, v. d. Oſten). — 1 Korallenſtock (Quart. Kraus).

Die meiſten Schüler der Claſſen III., IV und V. betheiligten ſich beim Anlegen eines Herbariums. — Mehrere Holzproben (Quart. Kraus, Rübke I., Müller, Renner). — Baumwollenſtauden (Quart. und Quint. Renner. — Einige Gallen u. a. (Tert. Both). — 1 Schachtel Phosphoritpulver (Oberlehrer Dr. Schultze) — Salpetercryſtalle (Dr. Röllner). — Gold in Quarz (Secund. Morgenſtern). — Mehrere Boracitcriſtalle (Secund. Herbſt.) — Ein größerer isländiſcher Doppelſpath und eine Amethyſtdruſe, ſo wie einige andere Mineralien und ein Mineralienkaſten (Sec. Barsdorf). — Mehrere Mineralien, Geſteine und Petrefacten (Tert. Danckwerts und Schipmann, Quart. Kraus, Görg, Kayſer, Kahl. Quint. Wehmer, Rücken, Siegener, Schrader, Janſen, Stehmann).

Für den Unterricht in der Mineralogie ſtellte Herr Dr. Röllner wiederholt Criſtalle aus ſeiner vorzüglichen Sammlung mit dankenswerther Bereitwilligkeit zur Dispoſition des Lehrers. Criſtallmodelle aus Pappe fertigten die Secundaner Röllner und Krauſe je 6, Herbſt 2, Janſen 1 Stück.

Für den chemiſch-phyſikaliſchen Unterricht wurden angeſchafft: ein großes Glasprisma, drei Orgelpfeifen, eine Platinſchaale, zwei Quetſchhähne, Glas-, Porzellan- und Gummigeräthſchaften, ſowie die nöthigen Chemicalien; geſchenkt: ein Schwefelſäureballon in Korb und zwei Flaſchen Schwefelſäure von Quintaner Gunter.

An Wandkarten: Stülpnagel, Karte von Deutſchland.

Für den Zeichenunterricht: A. An Gipsmodellen. 3 ornamentale Modelle gothiſchen Stils; 1 Korinthiſches Pylaſtercapitäl; 1 Aeroterie; 1 Adler nach Rauch. — B. Zeichnungen: 30 Wandtafeln für den Freihandzeichenunterricht von Paul Gehry; Dr. Stegemann, gewerbliches Zeichnen; der kleine Zeichner, Anleitung für den Elementar-Zeichenunterricht: Domſchke, kleine Hefte für Freihandzeichnen 3–6. G. Müller, Linearzeichnen. 1. Theil.

---

## VII. Ferienordnung.

Durch das Reſcript des Königlichen Provinzial-Schul-Collegiums vom 4. Juni 1871 iſt folgende Ferienordnung beſtätigt worden:

1) Oſtern 2 Wochen von Palmarum bis Quaſimodogeniti,
2) Pfingſten ½ Woche vom Sonnabend vor bis Mittwoch nach Pfingſten incl.,
3) Johannis 4 Wochen. Anfang am Sonntag nach dem erſten Montage im Juli,
4) Michaelis 2 Wochen, auf September und October möglichſt gleichmäßig vertheilt,
5) Weihnachten 2 Wochen, welche dem Chriſttage möglichſt nahe beginnen,
6) Königs Geburtstag,
7) der erſte Tag des Harburger Vogelſchießens.

---

## VIII. Schulchronik.

Die Durchführung des Lehrplans hat im Laufe des Schuljahres durch ſchwere Erkrankung zweier Lehrer Störung erlitten. Während des Sommers haben die Collegen die Stunden des Herrn Knibbe übernehmen müſſen und dafür vom Magiſtrate eine angemeſſene Remuneration erhalten. Während des Winterhalbjahres iſt derſelbe Fall beim Herrn Corrector Röttger eingetreten. Außerdem haben die Collegen die Güte gehabt während einiger Wochen für den erkrankten Director Stunden zu übernehmen.

Für den Herrn Cand. prob. Ahrend aus Levenhagen, welcher zu Oſtern 1871, nachdem er während eines Jahres in Berufstreue und mit gutem Erfolge eine wiſſenſchaftliche Hülfslehrerſtelle bekleidet hatte, einem ehrenvollen Rufe an das Gymnaſium in Prenzlau folgte, iſt Herr Dr. Herr eingetreten.

Th. J. L. G. Herr, geboren zu Schlawe in Pommern 1842, ſtudirte 1862—1865 Mathematik und Naturwiſſenſchaften in Jena und Berlin, und war von Oſtern 1867 bis 1870 anfangs als wiſſenſchaftlicher Hülfslehrer, nach Ableiſtung des Probejahres als ordentlicher Lehrer an der höheren Bürgerſchule zu Lauenburg in Pommern, von Oſtern 1870 bis 1871 an der höheren Bürgerſchule in Neuſtadt-Eberswalde thätig.

Am 7. und 8. Juni beehrte der Herr Schulrath Dr. Breiter die Schule mit ſeiner Gegenwart, um dieſelbe zu revidiren.

Am 15. Juli betheiligte sich die Schule bei dem feierlichen Empfange unserer siegreich heim=
kehrenden Krieger, weihete am folgenden Morgen die auf dem Schwarzenberge gepflanzte Friedenseiche
mit Gesang und Rede ein und nahm nachmittags an dem großen Festzuge theil.

Die schriftliche Prüfung der Abiturienten fand in den Tagen vom 22. bis 26. Januar, die
münbliche am 26. Februar statt.

Es wurden geprüft:

Ludwig Ahrens aus Harburg, 18 Jahr alt, seit Ostern 1860 Schüler der Anstalt (Kaufmannschaft).

Johannes Busse aus Wilhelmsburg, 17½ Jahr alt, welcher seit Ostern 1863 die Schule besucht
hat. (Militär). Beide erhielten das Prädicat „gut".

Schriftliche Prüfungsaufgaben:

Ans Vaterland, ans theure, schließ dich an. —

Histoire de la vie et des exploits d'Annibal. —

Ein englisches Exercitium.

Drei physikalisch=chemische Aufgaben:

1) Wenn ein Geschütz bei einer gewissen Ladung seinen Geschossen 1000' Wurfgeschwindigkeit verleiht, wie
muß man es richten, damit es die Spitze eines Thurmes trifft, welcher auf wagerechter Ebene 400' entfernt vom Ge=
schütz und 395' hoch ist?

2) Zwei Hohlspiegel mit den Radien $r_1 = 4'$ und $r_2 = 6''$ sind mit ihren spiegelnden Flächen so gegen einander
gekehrt, daß ihre Axen in eine gerade Linie fallen; ihr Abstand betrage 20''; in welchen Punkt der gemeinsamen Axe
muß als leuchtendes Object ein Pfeil gestellt werden, wenn die beiden physischen Spiegelbilder desselben gleiche Höhe
haben sollen?

3) Es soll angegeben werden, wie man ein durch Vermischung von pulverifierten Glaubersalz mit Kalisal=
peter bargestelltes bekanntes Medicament (pulvis temperans) auf seinen Procentgehalt an diesen beiden Salzen unter=
suchen kann. Wenn sich dabei herausstellte, daß 10 Gramm des Pulvers die beiden Salze zu gleichen Theilen enthielten,
wie viel Gramm chemischer Reagentien würde man da zur Analyse gebraucht haben?

Vier mathematische Aufgaben:

1) Eine geometrische Progression besteht aus 4 Gliedern. Zieht man von diesen der Reihe nach 1, 2, 6, 16
ab, so bilden die vier Reste eine arithmetische Progression; welche geometrische Progression ist es?

2) Durch einen gegebenen Kreis von einem gegebenen Punkte aus eine Sekante so zu ziehen, daß der äußere
Abschnitt sich zum inneren verhält wie 4 : 5.

3) Von zwei Beobachtungsstationen A und B, diesseit und jenseit eines Flusses, deren Abstand AB=4000'
Fuß ist, wird ein feindliches Schiff in C beobachtet unter W. CAB=76° 34' 20'' und W. CBA=87° 22' 40''; einige
Zeit später sieht man dasselbe Schiff an einer Stelle D unter W. DAB=64° 11' 10'' und W. DBA=71° 8' 50''; welchen
Weg CD hat das Schiff bis dahin in gerader Linie zurückgelegt?

4) Zu untersuchen, welcher Kegelschnitt durch die Gleichung $2y - 11 = x^2 - 6x$ repräsentiert wird.

# IX. Schülerverzeichniß.

NB. Die mit * bezeichneten Schüler sind im Laufe des Jahres abgegangen, die mit † bezeichneten sind gestorben

### Prima.

1. Ahrens, Ludwig, Harburg.
2. Busse, Johannes, Wilhelmsburg.

### Secunda.

1. Barsdorf, Richard, Hamburg.
2. Barteldes, Theodor, Sandbergen.
3. Blech, Detlef, Harburg.
4. Corsenn, Oskar, desgl.
5. Danckwerts, Ferdinand, desgl.
6. v. b. Decken, Georg, Gut Döse.
7. v. Deyn, Oskar, Hittfeld.
8. Ehlers, Otto, Hamburg.
9. Eylmann, Hugo, Krautsand.
10. Flor, August, Altona.
11. Fränckel, Alfred, Hamburg.
12. Gramcko, Johannes, Altona.
13. Herbst, Adolf, Medingen.
14. Janssen, Eduard, Harburg.
15. Kahl, Gustav, desgl.
16. Krause, Karl, desgl.
17. Lüning, Robert, Horneburg.
18. Marx, Ludolf, Harburg.
19. Morgenstern, Hermann, Hamburg
20. Müller, Georg, desgl.
21. Nagel, Amadeus, Drochterfen.
22. Röllner, Alexander, Harburg.
23. Schade, Georg, desgl.
24. Schulte, Wilhelm, Harsefeld.
25. Vollmer, Julius, Barförde.
26. Werner, Otto, Harburg.
27. Wichers, Julius, Krautsand.
 * Elffroth, Wilhelm, Hamburg.
 * Knibbe, Georg, Harburg.

### Tertia.

1. Ahrens, Heinrich, Harburg.
2. Balk, Karl, Harburg.
3. Blumenthal, Alfred, Harburg.
4. Both, Otto, Hamburg.
5. Braack, Wilhelm, Krautsand.
6. Brunckhorst, Otto, Buxtehude.
7. Carstens, Friedrich, Harburg.
8. Cravaack, Otto, desgl.
9. Danckwerts, Ernst, desgl.
10. Dierck, Theodor, desgl.
11. Eylmann, Feodor, Krautsand.
12. Gellers, Karl, Harburg.
13. Hastedt, Hermann desgl.
14. Henkel, Franz, desgl.
15. Holtermann, Heinrich, desgl.
16. König, Heinrich, desgl.
17. Kraus, John, desgl.
18. Lorenz, Paul, desgl.
19. Lüders, Karl, desgl.
20. Lüders, Karl, Hamburg.
21. Lühning, Eduard, Buxtehude,
22. Manasse, Friz, Harburg.
23. Messerschmidt, Friz, desgl.
24. Messerschmidt, Christian, desgl.
25. Otte, Heinrich, desgl.
26. Pannenberg, Julius, desgl.
27. Penz, Wilhelm, desgl.
28. Rahlfs, Wilhelm, desgl.

29. Renck, Hans, desgl.
30. Schipmann, Klaus, desgl.
31. Schorling, Franz, desgl.
32. Steckelberg, Heinrich, desgl.
33. Wattenberg, Oskar, Rotenburg.
34. Wichers, Theodor, Krautsand.
35. Wolf, Georg, Harburg.

### Quarta.

1. Bähre, Heinrich, Harburg.
2. Bahrenscher, Heinrich, Soltau.
3. Becker, Georg, Harburg.
4. v. Bockhoven, Johannes, desgl.
5. Böhm, Johannes, desgl.
6. Borowsky, Hermann, desgl.
7. Corsenn, Georg, desgl.
8. v. Deyn, Hugo, Hittfeld.
9. Dithmers, Rudolf, Lüneburg.
10. Eddelbüttel, Franz, Harburg.
11. Ehlers, Eduard, desgl.
12. Görg, Richard, desgl.
13. Hastedt, Richard, desgl.
14. Hoffmann, Franz, desgl.
15. Kahl, Arnold, desgl.
16. Kaiser, Theodor, desgl.
17. Koch, Albert, desgl.
18. Koppermann, Johann, desgl.
19. Krämer, Georg, desgl.
20. Krämer, Peter, desgl.
21. Kraus, Robert, desgl.
22. Krause, Ludwig, desgl.
23. Maack, Hermann, desgl.
24. Müller, Eduard, desgl.
25. v. d. Osten, Emil, desgl.
26. Peters, Adolf, Moorburg.
27. Renner, Friedrich, Wilstorf.
28. Riedmann, Hermann, Hamburg.
20. Riedmann, Adolf, desgl.
30. Rühle, Heinrich, Harburg.
31. Rühle, Franz, desgl.
32. Salomon, John, desgl.
33. Schorling, Theodor, desgl.
34. Siegener, Alexander, desgl.
35. Steckelberg, Karl desgl.
36. Timm, Otto, desgl.
37. Ulrich, Adolf, desgl.
38. Witting, Adolf, desgl.
39. Witting, Otto, desgl.
 * Ahrens, Heinrich, desgl.
 * Kahle, Karl, Hannover.

### Quinta.

1. Bergmann, Karl, Harburg.
2. Biermann, Friedrich, desgl.
3. Bornemann, Friedrich, desgl.
4. Busch, August, Wilhelmsburg.
5. v. d. Decken, Hans, Gut Döse.
6. Flege, Adolf, Harburg.
7. Garbers, Otto, desgl.
8. Giesselmann, Adolf, Forsth. Göhrde
9. Gunter, Evan, Harburg.
10. Harms, Johann, Moorburg.
11. Harms, Heinrich, Neuenfelde.
12. Hasenkamp, Wilhelm, Moisburg.
13. Henne, Karl, Harburg.
14. Heuer, Ludwig, desgl.

15. Hillemann, Friedrich, desgl.
16. Huth, Karl, Lüchow.
17. Jansen, Theodor, Hamburg.
18. Kahl, Ludwig, Brooklin.
19. Kroos, Albrecht, Harburg.
20. Kücken, Hermann, Hättensleben.
21. Lampe, Wilhelm, Harburg.
22. Lühmann, Gustav, Neuland.
23. Mappes, Paul, Harburg.
24. Manasse, Albert, desgl.
25. Meyer, Karl, desgl.
26. Renner, Karl, Wilstorf.
27. Schipmann, Johannes, Harburg.
28. Schulze, Hermann, desgl.
29. Schrader, Wilhelm, desgl.
30. Schröter, Karl, desgl.
31. Siegener, Wilhelm, desgl.
32. Sierke, Georg, desgl.
33. Stegemeyer, Theodor, desgl.
34. Stehmann, Adolf, desgl.
35. Stockvis, Sigismund, desgl.
36. Strube, Karl, Hamburg.
37. Voges, Albert, Harburg.
38. Voß, Karl, desgl.
39. Wehmer, Robert, desgl.
40. Weißker, Georg, Horneburg.
41. Wienecke, Ernst, Harburg.
42. Zehrer, Peter, desgl.

### Sexta.

1. Ahrens, Arnold, Harburg.
2. Alten, Alexander, desgl.
3. Bartels, August, desgl.
4. Bauer, Heinrich, Moorburg.
5. Behne, Friedrich, Harburg.
6. Blech, Friedrich, desgl.
7. Bornemann, Ferdinand, desgl.
8. Brandt, Leopold, desgl.
9. Brunckhorst, Dietrich, desgl.
10. Busch, Adolf, Wilhelmsburg.
11. Dierk, Adolf, Harburg.
12. Eddelbüttel, Ludwig, desgl.
13. Frick, Karl, desgl.
14. Görg, Max, desgl.
15. Goldschmidt, Otto, desgl.
16. Grube, Ludwig, desgl.
17. Heiligenstadt, Karl, desgl.
18. Heitmann, Emil, desgl.
19. Heuer, Wilhelm, desgl.
20. Kahl, Robert, desgl.
21. Kahl, Edmund, desgl.
22. Kaiser, Adolf, desgl.
23. Katzenstein, Sally, desgl.
24. Koppermann, Karl, desgl.
25. Krause, Friedrich, desgl.
26. Lavy, Ludwig, desgl.
27. Lavy, James, desgl.
28. Löwenthal, Karl, desgl.
29. Mohrmann, Peter, desgl.
30. Peterson, Ernst, desgl.
31. Pröhl, August, desgl.
32. Rohde, Julius, desgl.
33. Röttger, August, desgl.
34. Rosenbaum, Hermann, desgl.
35. Schorling, August, desgl.
36. Schwarze, Wilhelm, desgl.

37. Steckelberg, Gottlieb, desgl.
38. Strube, Heinrich, desgl.
39. Struckmann, Friedrich, desgl.
40. Susemihl, Franz, desgl.
41. Susemihl, Heinrich, desgl.
42. Vollbrecht, Ferdinand, desgl.
43. Willmanns, Adolf, Wilhelmsburg
44. Witt, Johannes, Moorburg.
45. Zehrer, Gottlieb, Harburg.
46. Zimmermann, Heinrich, desgl.
   * Knoop, Georg, desgl.

### Nebenklasse I.

1. Blumann, Leopold, Tostedt.
2. v. Bockhoven, Friedrich, Harburg.
3. Bode, Heinrich, desgl.
4. Eddelbüttel, Wilhelm, desgl.
5. Eddelbüttel, Richard, desgl.
6. Gieren, Wilhelm, desgl.
7. Grube, Heinrich, desgl.
8. Heine, Gustav, desgl.
9. Heise, Georg, desgl.
10. Hennies, Hermann, desgl.
11. Kolbe, Heinrich, desgl.
12. Meyer, Wilhelm, Soltau.
13. Mentze, Hugo, Harburg.
14. Niemann, Karl, desgl.
15. Offen, Alwin, Tostedt.
16. Peters, Richard, Harburg.
17. Schmidt, Wilhelm, desgl.
18. Schulze, Adelbert, desgl.
19. Struck, Wilhelm, desgl.
20. Trage, Heinrich, desgl.
21. Wendt, Friedrich, desgl.
   * d'Espiney, Adrien, Liverpool.
   * Hintze, Wilhelm, Lauenbruch.
   * Oppenheim, Alexander, Harburg.
   * Stolze, Hermann, desgl.

### Nebenklasse II.

1. Behr, Heinrich, Harburg.
2. Bethje, Theodor, desgl.
3. Böttcher, Karl, desgl.
4. Böttcher, Wilhelm, desgl.
5. Böttcher, Eduard, desgl.
6. Bornemann, Anton, desgl.
7. v. Dassel, Hartwig, desgl.
8. Dubbels, Wilhelm, desgl.
9. Eggers, Friedrich, desgl.
10. Erbeck, Albert, desgl.
11. Gips, Wilhelm, desgl.
12. Göbel, Heinrich, desgl.
13. Hennies, Eduard, desgl.
14. Kleinkauf, Julius, desgl.
15. Korlan, Eugen, desgl.
16. Lauterbach, Richard, desgl.
17. Lüders, Heinrich, desgl.
18. Meinecke, Eduard, desgl.
19. Meyer, Heinrich, desgl.
20. Pätau, Gustav, desgl.
21. Peek, Adolf, desgl.
22. Pohlmann, Arthur, Halifax.
23. Pohlmann, Georg, desgl.
24. Renck, Adolf, Harburg.
25. Schnitzlein, Theodor, Neuland.
26. Schnitzlein, August, desgl.
27. Schrader, Hermann, Harburg.
28. Soltkahn, Ludwig, desgl.
29. Stegemeyer, Georg, desgl.
30. Tito, Wilhelm, desgl.
31. Vieth, Heinrich, desgl.
32. v. Waitz, Ludwig, desgl.
   * Schönfeldt, Adolf, desgl.

### Nebenklasse III.

1. Behrs, John, Lauenbruch.
2. Bischoff, Julius, Harburg.
3. Bornemann, Peter, desgl.
4. Breithaupt, Alfred, desgl.
5. Flebbe, Albert, Neuland.
6. Flügge, Johannes, Harburg.
7. Harms, Jakob, Neuenfelde.
8. Heineke, Heinrich, Harburg.
9. Johannsen, Wilhelm, desgl.
10. Korlan, Hermann, desgl.
11. Lehmann, Gustav, desgl.
12. Lüders, Gustav, desgl.
13. Lühmann, Adolf, Neuland.
14. Lütgens, Johannes, Altenwärder
15. Marquard, Georg, Harburg.
16. Meyer, Wilhelm, Harburg.
17. Meyer, Adolf, desgl.
18. Meyer, Hermann, desgl.
19. Mügge, Gottfried, Harburg.
20. Müller, Adolf, desgl.
21. Niemann, Wilhelm, desgl.
22. Peusch, Heinrich, Neuland.
23. Röpke, Ferdinand, Lauenbruch.
24. Sahling, Heinrich, Wilstorf.
25. Stockvis, Rudolf, Harburg.
26. Thiessen, Ludwig, desgl.
27. Vollmer, Ernst, desgl.
28. Willens, Christian, desgl.
29. Witt, Friedrich, Moorburg.
30. Wülfken, Karl, Harburg.
   * Winners, Heinrich, Lauenbruch.

### Vorschule I.

1. Asbeck, Alfred, Harburg.
2. Bode, Georg, desgl.
3. Böttcher, Heinrich, desgl.
4. Bucke, Gustav, desgl.
5. Camp, Otto, desgl.
6. Dempwolff, Hugo, desgl.
7. Eddelbüttel, Heinrich, desgl.
8. Flügge, Emil, desgl.
9. Gips, Fritz, desgl.
10. Göbel, Georg, desgl.
11. Henne, Gustav, desgl.
12. Hennies, Ferdinand, desgl.
13. Hoffmann, Emil, desgl.
14. Hoffmann, Otto, desgl.
15. Huntemann, Gottfried, desgl.
16. Kabus, Emil, desgl.
17. Kahl, Bernhard, desgl.
18. Kleine, Rudolf, Neuhof.
19. Köhler, Wilhelm, Harburg.
20. König, Emil, desgl.
21. Korlan, Waldemar, desgl.
22. Lavy, Albert, desgl.
23. Lepien, Andreas, desgl.
24. Lühmann, Wilhelm, desgl.
25. Noblée, Heinrich, desgl.
26. Oberhauser, Karl, desgl.
27. v. d. Osten, Karl, desgl.
28. Renck, Lorenz, desgl.
29. Renck, Karl, desgl.
30. Renck, Georg, desgl.
31. Rohde, Hermann, desgl.
32. Schubert, Adolf, desgl.
33. Schwaner, Otto, desgl.
34. Siegmann, Otto, desgl.
35. Sievers, Ludwig, desgl.
36. Stegemeyer, August, desgl.
37. Timm, Wilhelm, desgl.
38. Voges, Otto, desgl.
39. Wendt, Ernst, desgl.
40. Wöllner, Karl, desgl.

### Vorschule II.

1. Behrs, Rudolf, Lauenbruch.
2. Bertram, Friedrich, Harburg.
3. Bode, Franz, desgl.
4. Bode, Heinrich, desgl.
5. Carstens, Eduard, desgl.
6. Eddelbüttel, Heinrich, desgl.
7. Eddelbüttel, Friedrich, desgl.
8. Ehlers, Reinhard, desgl.
9. Ehlers, Wilhelm, desgl.
10. Elgehausen, Friedrich, desgl.
11. Emmermann, August, desgl.
12. Erbeck, Ludwig, desgl.
13. Freese, Wilhelm, desgl.
14. Göbel, Rudolf, desgl.
15. Gunter, Percy, desgl.
16. Hagel, Heinrich, desgl.
17. Harms, Johannes, Moorburg.
18. Heiligenstadt, Wilhelm, Harburg
19. Hillemann, August, desgl.
20. Hoffmann, Friedrich, desgl.
21. Homann, Heinrich, desgl.
22. Jacobsohn, Richard, desgl.
23. Klein, Gustav, desgl.
24. Kleinkauf, Felix, Eißendorf.
25. Körner, Franz, Harburg.
26. Mackensen, Karl, desgl.
27. Maret, Friedrich, desgl.
28. Marg, Heinrich, desgl.
29. Matthaei, Ernst, desgl.
30. Meine, Georg, desgl.
31. Mertens, Wilhelm, desgl.
32. Mohwinkel, Ernst, desgl.
33. Möller, Rudolf, Lauenbruch.
34. Pannenberg, Paul, Harburg.
35. Reiners, Johann, desgl.
36. Renck, John, desgl.
37. Reußmann, Friedrich, desgl.
38. Rosenbaum, Max, desgl.
39. Sander, Wilhelm, desgl.
40. Schorling, Karl, desgl.
41. Schumann, Hugo, desgl.
42. Schütt, Georg, desgl.
43. Schween, Konrad, desgl.
44. Sierke, Hermann, desgl.
45. Solle, Wilhelm, desgl.
46. Soltkahn, August, desgl.
47. Steinike, Georg, desgl.
48. Susemihl, Felix, desgl.
49. Trage, Georg, desgl.
50. Türkis, Wilhelm, desgl.
51. Voges, Christian, desgl.
52. Weber, Georg, desgl.
53. Wehnke, Otto, desgl.
54. Wesemeyer, Heinrich, desgl.
   * Ahrens, Karl, desgl.
   * Schober, Emil, desgl.
   † Göbel, Ernst, desgl.
   † Kothe, Karl, desgl.

### Vorschule III.

1. Althof, Hermann, Harburg.
2. Beyer, Ernst, desgl.
3. Bornemann, Franz, desgl.
4. Bucke, Ludwig, desgl.
5. Carl, Wilhelm, desgl.
6. v. Dassel, Hermann, desgl.
7. Diert, Heinrich, desgl.
8. Duncker, Emil, desgl.
9. Eddelbüttel, Adolf, desgl.
10. Eddelbüttel, Rudolf, desgl.
11. Erbeck, August, desgl.
12. Flügge, Adolf, Lauenbruch.
13. Flügge, Johann, desgl.